이것이 법이다

이것이 법이다 53

2018년 12월 20일 초판 1쇄 인쇄
2018년 12월 26일 초판 1쇄 발행

지은이 자카예프
발행인 이종주

기획 팀 이기헌 왕소현 박경무 이승제
책임 편집 최전경

발행처 (주)로크미디어
출판등록 2003년 3월 24일
주소 서울시 마포구 성암로 330 DMC첨단산업센터 3층 318호, 319호
Tel (02)3273-5135 Fax (02)3273-5134
홈페이지 rokmedia.com E-mail rokmedia@empas.com

ⓒ 자카예프, 2015

값 8,000원

ISBN 979-11-294-0836-5 (53권)
ISBN 979-11-255-9575-5 04810 (세트)

이것이 법이다

53

자카예프 장편소설

로크미디어

CONTENTS

범인을 알면 그를 추적하는 것은 어려운 것이 아니다.

오토바이를 사 간 놈은 양지용이라고 하는 부잣집 아들이었다.

경찰은 바로 그에 대한 수사를 시작했고, 얼마 지나지 않아서 그를 체포하는 데 성공했다.

"자백했답니다."

무태식은 동기인 황인수로부터 전화를 받고 그 소식을 주변에 알렸다.

"자백했대요?"

"네."

"이런 개새끼."

다들 드디어 범인을 잡았다고 생각하면서도 한편으로는 가슴이 먹먹해졌다.

범인을 잡았다고 해도, 한수린은 이제 다시는 볼 수 없으니까.

"후우."

노형진 역시 그런 생각에 가슴이 아파 왔다.

"생각보다 끝까지 버티지는 않았네요."

"범인을 알고 있으니까요."

범인을 모르고 무작정 헤매는 것과 범인을 알고 그 주변을 뒤지는 것은 나오는 증거의 양이 다르다.

양지용을 뒤진 결과, 그 주변에서 이런저런 증거가 나왔던 것이다.

그가 샀던 오토바이에 관한 증언이나 그날의 행적, 그의 평소 행실에 대한 이야기 등등.

"처벌을 제대로 받을까?"

손채림은 범인이 잡혔다는 것에 대해서 안심하면서도 한편으로는 그가 제대로 처벌받을지 걱정했다.

양지용의 아버지는 서울에서도 초대형 병원을 운영하는 원장이었기 때문이다.

"제대로 받겠지."

아무리 대형 병원을 가지고 있다고 해도 이건 살인 사건이다.

그리고 이번 사건에 새론이 이를 박박 갈고 있다는 것은 누구나 다 알고 있다.

아는 사람을 통해서 최대한 압력을 행사하는 상황.

"이 상황에서 제대로 처벌받지 않는다면 그게 이상한 거지."

"하지만 이상한 일은 넘쳐 나잖아. 그리고 상대방도 그냥 호락호락하게 넘어갈 것 같지는 않은데?"

"그 부분이 걱정이기는 한데……."

하지만 이미 형사 단계로 넘어간 이상 변호사인 자신이 할 수 있는 것은 없다. 그러니 일단은 두고 보는 수밖에 없었다.

"기다려 봐. 뭐든 방향이 나오겠지."

노형진은 그렇게 말하면서 입술을 깨물었다.

⚖

재판 기일.

새론의 주요 멤버들은 재판을 참관하기 위해서 법원으로 향했다.

노형진과 무태식 그리고 손채림이었다.

"오늘 재판이 첫 재판이지요?"

"그쪽에서 어떻게 나올지 걱정되는군요."

"두고 봐야지요."

무태식과 노형진은 서로 그렇게 말하면서 법원으로 향했다.

그런데 그들이 도착했을 때, 황인수 검사는 상당히 곤혹스러운 표정을 하고 있었다.

"무슨 일 있었어? 표정이 왜 그래?"

무태식은 그를 보고 왠지 불안한 생각이 들었다.

그가 이렇게 당황할 이유가 없기 때문이다.

"그들이 변호사를 고용했어."

"그거야 당연한 거 아닌가? 고용하지 못할 상황이라고 해도 국선이 붙어야 하잖아."

형사재판은 피고인의 변호사가 없으면 진행되지 않는다. 그러니 변호사가 붙어야 한다.

그러나 노형진은 그런 황인수의 모습을 보면서 직감적으로, 저들이 그냥 단순 변호사를 고용한 게 아니라는 사실을 느낄 수 있었다.

"누굽니까?"

"네?"

"긴장하시는 걸 보니 상당한 사람인가 본데요."

"상당한 사람이 아니라 상당한 로펌입니다."

"상당한 로펌?"

"법무 법인 태양요."

노형진의 얼굴은 딱딱하게 굳었고, 특히나 손채림은 창백해질 정도로 주먹을 꽉 쥐었다.

법무 법인 태양.

현재 대한민국 서열 2위까지 올라간 초대형 로펌이다.

그리고 로비에 관해서는 서열 1위라고 봐도 무방한 곳.

그리고 그곳의 대표는 다름 아닌 손채림의 아버지 손하균이었다.

"작심하고 덤벼든 모양이군요."

"태양이 문제가 아니라 그 변호사 신분이 문제지요."

"변호사의 신분?"

"초호화 변호인단입니다."

대법관 출신 한 명, 부장검사 출신 두 명, 부장판사 출신 세 명, 지방법원장 출신 두 명 등등 총 열두 명의 변호사.

"이름만 올린 게 아니구요?"

"아니요. 열두 명 다 재판정에 출석했습니다. 듣기로는 선입금만 12억을 줬다고 하더군요."

손채림은 입술을 깨물었다.

설마 자신의 아버지가 여기에 끼어들 거라고는 생각도 못 했기 때문이다.

"괜찮아?"

"좀…… 기분 나쁘네."

사실 좀 기분 나쁜 정도가 아닐 것이다.

손하균이, 사망자가 딸인 손채림의 동료인 것을 모를까?

모를 리 없다.

노형진이 아는 한 손채림의 아버지는 그 정도로 허술한 사람이 아니다.

그럼에도 불구하고 그는 받아들였다.

사실 돈이 크니 받아들일 수도 있다.

하지만 자신의 이름을 올렸다는 것. 그건 신경도 쓰지 않는다는 소리다.

만일 돈 때문에 받아들였다면 최소한 자신의 이름을 변호인단에 올리지는 않았을 테니까.

"후우, 아무래도 일이 쉽지 않을 듯합니다."

"하지만 명백한 증거가 있지 않습니까? 증언도 있고."

주변 정황도 그렇고, 이번 사건은 양지용이 했다는 확실한 증거가 넘쳐 나고 있었다.

"일단은 재판에 들어가서 보도록 하지요. 아무리 변호사들이 빵빵해도 증거는 어쩔 수가 없으니까."

노형진은 그렇게 말하면서 걸음을 재촉했다.

그러나 가는 날이 장날이라고, 재판정으로 향하던 일행은 하필이면 가장 만나기 싫어하는 그들과 부딪치게 되었다.

"아빠."

손하균은 자신을 바라보는 손채림을 마주 보면서도 눈빛에 변화가 없었다.

딸이 아니라 마치 돌덩이를 보는 듯한 눈빛.

'무서울 정도군.'

노형진이 알기로는 손하균이 손채림을 마지막으로 만난 것은 벌써 3년도 전의 일이다.

그런데 잘 지내냐는 말 한마디도 없었다. 그저 차가운 눈빛으로 바라볼 뿐.

"이럴 거야?"

도리어 발끈한 건 손채림이었다.

"희생자는 내 친구였어. 그런데 어떻게 아빠가……."

"그래서?"

"그래서라니?"

"너랑 친하다고 내가 변론하지 말아야 하나? 나와는 일면식도 없는 사람인데. 그렇게 해서 나에게 무슨 이익이 있지?"

"……."

"아직도 정에 휩쓸려서 이렇게 인생을 망치고 있다니."

손하균은 가차 없이 몸을 돌리면서 차갑게 이어 말했다.

"실패작 같으니라고."

노형진은 자신도 모르게 그의 어깨를 잡았다. 그리고 손하균을 차갑게 노려보았다.

"지금 그 말, 사과하시죠."

실패작이라는 말.

그건 누가 봐도 손채림을 향해서 한 말이었다. 그리고 절대 해서는 안 되는 말이었다.

그것은 상대방을 애초에 사람으로도 보지 않는다는 뜻이기 때문이다.

"오랜만이군, 노형진."

하지만 사과는커녕 더 차가운 눈빛으로 노형진을 노려보는 손하균.

"재판이라도 구경하러 온 건가?"

"구경이 아니라 동료의 복수를 보러 온 겁니다."

"동료라. 쓸데없는 짓을 하는군. 그 시간 동안 일을 하면 더 많은 수익을 낼 수 있는데 말이지."

"세상은 돈만으로 살 수 있는 건 아니죠."

"그렇다고 감정으로 살 수 있는 것도 아니지만."

손하균은 그렇게 말하면서 손채림을 바라보았다. 그리고 입가에 미소를 띠었다.

그러나 그것은 반가움이나 만족에 의한 미소가 아니었다.

명백하게 비웃음이었다.

다른 사람도 아닌, 자신의 딸에게 말이다.

"그나저나 너에게는 감사해야겠군."

"뭐라고요?"

"저런 실패작을 거둬 줘서 말이지. 먹여 주고 재워 준다고 하니 말이야."

"당신……."

노형진은 이를 악물었다.

저 인간은 진짜로 감사해서 저런 말을 하는 게 아니다.

아는 거다, 저러는 게 손채림에게 더 큰 상처가 될 거라는 것을.

"사과라고? 내가 왜 사과해야 하지? 난 분명히 인생의 승리자가 될 수 있는 길을 알려 줬다. 그런데 그걸 걷어차고 나간 건 저 여자야. 루저로 살아가겠다고 뛰쳐나갔지. 내 자식이기 이전에, 잘못 만들어진 실패작이야."

"당신 정말……!"

분노를 참지 못한 노형진은 평소답지 않게 주먹을 들었다.

그런 그의 손을 잡은 것은 손채림이었다.

"그만둬."

"채림아."

그녀는 핏기라고는 하나도 없이, 새하얗게 질려 있었다.

하지만 분명히 얼굴에는 미소가 서려 있었다.

"이런 식으로 매도당하는 거 오랜만이라 좀 힘들기는 하네."

"오랜만이라고?"

노형진도 무태식도, 그리고 주변에 모여든 사람들도 당혹스러운 눈빛으로 손하균을 바라보았다.

오랜만이라는 것은, 전에도 이런 식으로 당했다는 뜻 아닌가?

"너무 오랜만이라 당혹스럽네요, 아빠."

"여기는 공적인 자리다."

"그러면 이렇게 불러 드릴까요? 손하균 씨?"

하얗게 질린 얼굴로 주먹을 꽉 쥔 그녀 역시 차갑게 손하균을 바라보았다.

"너무 오래 평화롭게 지냈나 보군요, 고작 이 정도 매도에 이렇게 충격받는 걸 보니."

"흥."

"재판 잘하기 바라요. 물론 우리도 그냥 당하지는 않을 거지만."

"재판은 너희가 하는 게 아니라 검사와 재판부가 하는 거다. 새론에서 일한다고 하더니, 거긴 제대로 교육도 안 시키는 모양이군."

"우리는 당신네 회사하고는 좀 달라서요."

"그래? 기대하도록 하지."

손하균은 거기까지 말하고 주저하지 않고 몸을 돌렸다.

그리고 뒤도 안 돌아보고 재판정 안으로 들어갔다.

"후우, 후우!"

그리고 나서야 손채림은 부들부들 떨리는 몸을 노형진에게 기대 왔다.

노형진은 그녀를 진정시키면서 옆에 있던 의자에 앉혔다.

"괜찮아?"

"괜찮아. 아까 말했잖아. 오랜만에 당해서 그런 것뿐이야."

"오랜만이라……."

그 말은 집에 있을 때도 이런 꼴을 당했다는 소리가 아닌가?

'제정신이 아니군.'

사실 손하균이 소시오패스 기질이 있을 거라고 생각하기는 했다. 하지만 설마 진짜로 저럴 거라고는 생각도 못 했다.

3년 만에 본 딸이다. 그런데 하는 소리가 '실패작'이라니.

"아무래도…… 재판에는 못 들어갈 것 같네."

과거가 어떻든, 이런 충격은 사람이 쉽게 넘길 만한 것이 아니다.

더군다나 그 충격을 준 이가 친아버지 아닌가?

"아, 무 변호사님. 먼저 들어가 주세요."

"아, 네."

무태식은 두 사람의 눈치를 보다가 고개를 끄덕거리면서 방청석으로 향했다.

아무리 봐도 손채림의 충격이 역시 너무 큰 듯했기 때문이다.

"아니야. 너도 들어가. 난 여기 있을게."

"재판도 중요하지만 너도 중요해. 너도 우리의 일원이야."

왠지 모를 미소를 지은 손채림은 노형진의 손을 꼭 잡았다.

노형진 역시 그런 그녀의 손길을 피하지는 않았다.

"그러면 나 술 사 주라."

"응?"

"어차피 재판 안 들어갈 거면 나 소주 사 줘. 나 지금 한잔 안 마시면 못 버틸 것 같아."

하긴 아무리 과거에도 이런 취급을 당해 봤다 해도, 익숙해지는 성질의 것은 아닐 테니까.

"그러자. 네가 원하는 대로 사 줄게."

노형진은 그녀의 어깨를 다독거리면서 말했다.

"전부터 그랬어."

어느 정도 소주를 마시고 나자 손채림은 마치 마음을 터놓듯이 말했다.

"그 인간, 어려서부터 사람 마음을 갈가리 찢는 게 특기였어."

"그랬나."

"그래. 내가 어려서 지독한 길치였던 거 기억나?"

"기억나지. 그때 욕 많이 먹었잖아."

노형진은 그때가 생각나는 듯 말했다.

진짜 코앞도 나가지 못할 정도로 길치였던 적이 있다.

"내가 어딘가를 찾아가 본 적이 없으니까. 하다못해 집 앞 가게도 가 본 적이 없으니까. 그러니까 길치가 되더라. 애들은 부러워했지만."

앉아서 말만 하면 뭐든 가져다주고 사다 준다.

학교 다닐 때도, 운전기사가 데려다주고 데려왔다.

"그 당시를 생각하면…… 난 그냥 장식품 같은 존재였던 것 같아. 손하균의 인생을 장식하는 그런 장식품. 내 인생을 멀쩡하게 살아가고 있다는 걸 증명하는 일종의 증거?"

손채림은 약간 취한 듯 의자에 기대앉았다.

"그냥 그 사람이 시키는 대로 수십 년을 살았어. 너, 내가 그 인간이랑 이야기하는 건 처음 봤지?"

"응? 아, 그렇지."

사이가 안 좋은 걸 알기는 하지만 대화하는 모습을 실제로 본 건 처음이다.

물론 그걸 대화라고 볼 수 있는지 의문이 좀 들기는 하지만.

"그런 식이야. 우리 가족들, 가족이라고 해 봐야 나와 엄마밖에 없지만, 우리 엄마는…… 맞고 사는 아내라고 해야 하나? 그런 느낌? 뭐…… 알지?"

노형진은 대충 알 것 같았다.

사람이 학대를 받으면 자존감이 무너진다. 그리고 자존감이 무너진 사람은 저항도 못 한다.

아마도 손채림의 어머니가 딱 그런 상황일 것이다.

그렇지 않다면 딸에게 연락 한번 안 하지는 않을 테니까.

"그렇게 우리 엄마가 평생을 살아왔어. 너를 만나기 전에는 나도 그랬고. 웃고 있지만 살아 있는 건 아니었지. 그냥 가면을 쓴 느낌? 아빠한테 잘 보여야 한다, 아빠한테 폐가 되면 안 된다, 그가 만든 완벽한 가족의 상이 무너지면 안 된다, 그렇게 생각했으니까."

"……."

회귀 전에는 손채림과 노형진은 그다지 친하지 않았다.

회귀 후에는 손채림이 갑자기 해외로 나갔으니까…….

"네가 그랬잖아, 음악 한번 해 보라고."

"그랬지."

원래 회귀 전 그녀는 음악 쪽으로 재능이 있었다.

그러나 이번에는 뜬금없이 선생님 관련 학교를 다니고 있었다.

"그런데 음악을 하니까 살 것 같더라. 아, 내가 살아 있는 거구나 하는 거, 그때 알겠더라. 재능은 모르겠는데, 최소한 내 삶이 정상은 아니라는 걸 알겠더라고."

"그래서 나온 거였어?"

"그래."

집안의 반대에도 불구하고 다 때려치우고 음악을 하겠다고 집을 나간 것. 그게 그녀가 실패자 취급을 받는 이유였다.

그나마 모아 둔 돈이 떨어지자 포기해야 했지만.

"음악을 하면서, 그리고 집에서 떠난 후에야 자유가 뭔지 삶이 뭔지 꿈이 뭔지 알 것 같더라."

확실히 과거에 비하면 손채림은 많이 바뀌었다.

비슷한 듯하면서도 과거보다 훨씬 밝다.

특히 많이 달라진 것은 나서서 뭔가를 하려고 한다는 것이었다.

과거에는 어울리기는 하지만 절대로 나서서 뭔가를 하는 경우는 없었다.

"섭섭하지 않아?"

"섭섭? 뭐가?"

"너희 집, 그래도 잘살잖아."

노형진이 알기로는 그의 집은 수천억 원대 자산가다.

아마도 그녀가 버텼다면 그 재산을 누리고 살 수 있었을 것이다.

"돈?"

피식 웃는 손채림.

"시체에 금은보화를 둘러싸 준다고 좋아할까?"

"응?"

"그때의 나는 죽어 있었어. 돈 걱정은 없지만 내가 사는 게 아니었지. 그냥 장신구처럼 포장될 뿐이었으니까. 하지만 지금은……."

소주잔을 다시 채워서 입안으로 털어 넣는 손채림.

"원룸에 살아도, 돈이 없어서 라면으로 내리 몇 끼를 먹어도 그때보다는 좋더라. 최소한 내가 선택하고 살아가는 거니까."

"그러면 화해할 가능성은 없는 거네?"

"화해? 화해도 사람끼리 하는 거야. 나는 그 사람에게 있어서 사람이 아니라 도구일 뿐이야. 도구는 맘에 안 들면 그냥 바꾸면 되는 건데 화해는 무슨 화해야."

씁쓸하게 말하는 손채림.

'그런 사정이 있었나?'

지금까지 예상만 했지 내면을 알지는 못했던 그녀의 가정사.

그건 예상과 비슷하면서도 좀 달랐다.

"설사 그쪽에서 화해하자고 한다고 해도 난 안 할 거야."

"그래, 알았다."

노형진은 비어 있는 잔을 채워 주면서 말했다.

그녀의 선택이 그렇다면 그걸 지지해 주는 것이 자신의 선택이니까.

"그나저나 너무하다, 너."

"뭐가?"

"여자한테만 술 먹이고. 누가 보면 오해한다, 너."

"오해는 개뿔. 나 술 못 먹는 거 알잖아."

다시 본모습으로 돌아오는 손채림의 말에 노형진은 피식거리면서 웃었다.

그때였다. 노형진의 전화벨이 시끄럽게 울렸다.

"아, 전화가 왔다. 잠깐. 무태식 변호사님이네. 재판이 끝난 모양인데."

노형진은 주머니에서 전화기를 꺼내어 받았다.

"여보세요? 네, 저희는 괜찮습니다. 재판은 어떻게 되었나요?"

그리고 다음 순간, 노형진의 얼굴은 사정없이 찡그러졌다.

⚖

다음 날, 다시 회사에 모인 사람들은 심각한 표정이 되어 있었다.

"정신병요?"

"네."

재판부에 제출된 증거.

그건 가해자인 양지용이 정신병으로 치료받고 있다는 증거였다.

"이런 미친 새끼!"

손채림은 나지막하게 중얼거렸다.

사실 틀린 말은 아니다.

"어려서부터 정신과에서 진료를 받은 기록이 있습니다. 우울증과 분노 조절 장애로 인한 치료더군요."

"큭."

노형진은 그제야 법무 법인 태양과 손하균이 그렇게 자신만만했던 이유를 알 것 같았다.

"살인으로 처벌은 면하겠군요."

"그럴 겁니다."

아무리 그 정도 호화 변호인단이라고 해도 살인을 뒤집지는 못한다.

하지만 정신병이 있다면 처벌이 아니라 치료감호로 빠질 가능성이 높다.

아니, 그럴 것이다.

"젠장!"

무태식은 이를 박박 갈았다.

"인수의 말로는 아주 작정한 것 같다고 하더군요."

"그렇겠지요."

한국에서 처벌과 치료감호는 다르다.

처벌은 말 그대로 교도소로 가는 것이니 그곳에서의 대우는 결코 좋다고 말할 수가 없다.

좁은 방에 추운 공간, 그리고 훤하게 보이는 화장실.

자살과 상해를 막기 위해 철저하게 통제되어 있는 삶.

"하지만 치료감호소는 엄밀하게 말하면 병원이지요."

치료를 위해서 입원한 병원.

그러니 그 대우가 다르다.

굳이 비교하자면 교도소는 70년대와 80년대 병사들 막사와 비슷한 반면 치료감호소는 현대의 장교 숙소와 비슷하다.

"거기에다가 치료가 끝나면 바로 풀려나지. 거기서 치료받는 기간도 짧고."

현행법상 치료감호소 처분은 15년을 넘을 수가 없다.

설사 그게 아니라고 해도, 치료감호소 처분은 처벌이 아니라 치료가 목적이라 상대적으로 짧게 내려질 수밖에 없다.

"아마도 길어 봐야 3~4년쯤이겠군."

"설마요."

그래도 살인이다. 그런데 고작 길어야 4년으로 끝이라니.

"그 정신이상을 결정하는 건 누구죠?"

"당연히 의사죠."

"그걸 검사하는 곳은?"

"치료감호소구요."

"그런데 그곳의 의사를 자기 병원으로 데려가기로 한다면?"

다들 침묵을 지켰다.

과연 의사들이 그걸 거절할 수 있을까?

적당히 모른 척하면 서울에 있는 대형 병원으로 이직할 수 있을 텐데?

"더군다나 의사들의 세계는 극도로 폐쇄적이고 또 일종의 서열 문화가 강력합니다. 만일 양지용의 부모가 그 라인을 이용한다면 정신이상이라는 판정을 받아 내는 것은 어려운 일이 아닐 겁니다."

"으음."

그렇게 되면 그들은 어렵지 않게 정신이상 판정을 받아 낼 수 있을 것이다.

그 이후에 재판부는 치료감호 처분을 최대한 짧은 기간으로 설정할 것이다.

"그리고 시간이 지나면 그 병원 의사들이 완치 판정을 내리겠지요."

그러면 그냥 풀려나는 것이다.

"이런 미친."

"그래서 범인들이 그렇게 미친놈 흉내를 내려고 하는 겁니다. 처벌이 확실하게 약해지니까."

물론 재판부에서 미친놈이라 인정해 주는 경우는 많지 않다.

그걸 다 인정해 줬다가는 우리나라 교도소의 3분의 1은 정신병원으로 바꿔야 할 테니까.

"하지만 지금 같은 경우는 인정해 주겠지."

빵빵한 재판부, 권력을 가진 집안.

"내가 미쳐 버리겠네."

손채림은 억울한 듯 말했다.

하지만 더 억울한 게 남아 있었다.

"하지만 내가 봐서는 미친놈이 아닐 거야."

"뭐라고?"

"네?"

지금까지 미친놈이라는 사실에 절망하던 사람들은 노형진의 말에 고개를 번쩍 들었다.

미친놈이 아니라니?

"미친놈의 특징이 뭔지 압니까? 돌발적 행동입니다. 그리고 주변에서의 위험 인식 불가 등등입니다."

"그런가요?"

"네. 그런데 이건 돌발적인 행동이 아니지 않습니까?"

"돌발적 행동이 아니다?"

"네. 이건 계획 살인이에요."

표적이 정해지지 않았을 뿐이지, 계획적으로 위치를 잡아서 누구든 죽이겠다는 구조였다.

"그걸 위해서 오토바이를 사고 정탐을 했습니다. 그게 미친놈이 할 수 있는 거라고 생각하십니까?"

"하지만 분명히 진단서를 제출했는데요."

노형진은 그 부분이 걱정된다는 듯 일어나서 사무실 내부를 돌아다니면서 손끝으로 탁자를 톡톡 치면서 정신을 집중했다.

한참 침묵을 지키던 노형진은 문득 눈을 찌푸렸다.

"진단서를 제출했다고요?"

"그렇다고 들었습니다."

"최초 진단일이 언제던가요?"

"그건 모르겠네요."

자신들의 사건이 아니다. 형사사건인지라 그 자세한 내용을 알 수가 없었다.

노형진은 그들의 행동에서 이상함을 느꼈다.

"아무래도 이번 사건, 우리가 좀 들여다봐야겠습니다."

노형진은 무태식을 보면서 말했다.

"그 서류를 좀 볼 수 있을까요?"

⚖️

무태식은 황인수에게 부탁해서 관련 서류를 볼 수 있게 해 줬다.

황인수는 안 그래도 골치 아픈 사건에 도와준다고 하니 슬쩍 보여 주기로 했다.

"진짜네."

진단서 내용은 그가 우울증과 더불어 분노 조절 장애를 보이고 있다고 쓰여 있었다.

진단 일시는 대략 7년 전.

"지금 양지용이 스물한 살이니까……."

대략 열네 살 때였다.

"갑자기 진단받은 것도 아니고 과거에 받은 거니, 조작이라고 볼 수도 없고."

"하지만 조작이 아니라고 볼 수도 없죠."

"네?"

노형진의 말이 생각보다 의미심장했다.

조작이 아니라고 볼 수도 없다니.

"무슨 말입니까, 그게?"

"만일 미친놈인 걸 알고도 방치한 거라면요?"

"네?"

"아니, 그걸 떠나서, 만일에 대비해서 미리 진단을 받아둔 거라면 어떻게 될까요?"

노형진의 말에 황인수는 순간 당황했다. 그런 건 생각도 못 했던 것이다.

"그게 무슨 말입니까?"

"부자들은 생각보다 준비성이 좋은 편이거든요."

"준비성이랑 사고가 무슨 관계가 있다고……."

"사고가 아니라면 그렇지요."

노형진은 걱정하는 부분이 있었다.

양지용이 보여 준 모습은 전형적인 사이코패스였다.

그런데 진단서 어디에도 사이코패스로 진단한 건 없었다.

병원에서 몰랐던 것일까?

그럴 리 없다. 사람들 생각과 다르게 이런 진단은 의외로
정밀하다.

그렇다면…….

"만일 사이코패스인데 감추는 거라면 어떻게 하실 겁니까?"

황인수는 움찔했다.

그건 생각해 보지도 못한 카드였다.

"그게 무슨 말이야, 감추다니?"

손채림 역시 당황한 듯 물었다.

정신병을 감추다니?

"사이코패스는 감형 사유가 아니거든."

정신병이라고 해서 무조건 감형되거나 치료감호소로 보내
는 게 아니다.

경증이냐 중증이냐의 차이도 따지고, 그 정신병이 통제가
가능하냐 안 가능하냐의 차이도 있다.

"사이코패스라고 생각하시는 겁니까?"

노형진은 고개를 끄덕거렸다.

"우울증과 분노 조절 장애, 그건 치료가 어느 정도 가능합니다. 재판을 할 때 감안하는 사유이기도 하고요. 하지만 사이코패스는 아니지요. 그런 경우에는 더더욱 격리 대상이 됩니다."

자기 자식이 언젠가 사고를 칠지도 모르는 위험성이 있다. 그런데 만일 사이코패스 판정이 나왔다면?

아마도 스물네 시간 보디가드가 따라다녀야 할 것이다.

그를 지키기 위해서가 아니라, 다른 누군가를 지키기 위해서.

"하지만 살짝 병명을 고치면 상황은 달라지지요."

우울증과 분노 조절 장애.

외부적으로는 사이코패스와 비슷한 증상을 보인다.

부족한 공감 능력 그리고 외부에 대한 공격성.

"그리고 그 두 질병은 법률상으로 치료 대상이 맞고요."

황인수는 큰 충격을 받았는지 멍한 얼굴이 되었다.

"만일 이게 사실이라면 사건은 더 복잡해집니다."

"그렇지요."

살인을 할 가능성이 충분히 있음에도 불구하고 양지용의 부모가 그냥 방치한 꼴이 되기 때문이다.

양지용에 관해서 조사한 바에 따르면 그는 멀쩡하게 학교를 다녔다.

물론 사이코패스라고 해서 사회생활 자체를 금지할 수는 없다.

하지만 그와 관련되어서 어떠한 예방 조치도 없었다.

"그리고 제가 팁을 좀 드리자면……."

"네."

"약을 한번 조사해 보세요."

"약요?"

"네. 무려 7년 전에 진단받았다면, 그래서 그 증상이 지금까지 계속되고 있다면 당연히 그걸 막기 위해서 약을 계속 먹었어야 하니까요."

"아하!"

꾸준하게 약을 먹고 관리한 것과 그러지 않은 것은 전혀 다르다.

먹었다면 이 사건은 불가항력적인 사건이 될 수도 있지만, 약을 먹지 않았다면 사건이 벌어져도 상관없다고 여겼다는 뜻이 되기 때문이다.

"더군다나 이 진단을 내린 병원은 아버지의 병원입니다. 그곳에서 진단명을 바꾸는 것은 그다지 어려운 게 아니었을 테지요."

전혀 예상하지 못한 방향으로 분석이 이루어지자 그동안 이상하게 생각하던 게 조금씩 말이 되기 시작했다.

"분노 조절 장애로 인한 질병은 극단적이고 다급합니다.

분노 조절 장애자는 희생자를 찾은 후에 그가 쓰러지면 다른 사람을 노리지요."

미국에서 벌어지는 총기 학살 사건이나 일본에서 벌어지는 차량 돌진 사건, 흉기를 이용한 무차별 살인 사건.

이러한 사례들이 극단적 분노 조절 장애에 의한 것이라고 볼 수 있다.

"하지만 이놈은 달라요."

한수린을 죽이고 도망갔다. 그리고 감춰 둔 오토바이를 타고 이동했다.

주변에 다른 표적이 없는 게 아니었다. 그 상황을 모두 본 노인이 있었다.

노인은 체력이 부족해서 현장으로 가지 못했지만, 양지용이 미친 상황이라면 그 노인에게 달려들었을 것이다.

하지만 그는 도망갔다.

"음."

"우리도 좀 알아보도록 하겠습니다."

"하지만 형사사건인데요?"

"형사사건이라고 해도 증거를 우리가 모으지 말라는 법은 없지요."

황인수는 고개를 끄덕거렸다.

"도와주신다면 저야 감사하죠. 안 그래도 힘들어 죽겠는데."

"그게 무슨 말씀이신지?"

"압력이 장난이 아닙니다."

노형진과 손채림은 눈을 찡그렸다.

하지만 오래가지는 않았다.

"예상했던 일이잖아요."

손채림의 말에 노형진도 고개를 끄덕거릴 수밖에 없었다.

"예상했던 일이지요."

상대방이 법무 법인 태양을 선임하고 선임금만 무려 12억을 냈다.

그게 그냥 변론만 하라고 준 돈일 리 없다.

지금 뒤에서는 엄청난 로비가 벌어지고 있을 게 뻔한 일.

노형진이 말한 조작 같은 경우야 어쩔 수 없다지만, 압력은 이미 충분히 예상하고 있었던 일이다.

"그 압력부터 해결해야 하는데."

황인수는 머리를 북북 긁었다.

그러자 노형진은 약간 곤란한 표정으로 미소 지었다.

"가장 만만한 건 언론을 이용하는 건데……."

그건 사실 불가능하다.

황인수는 검사이니, 만일 언론을 이용해서 정보를 터트리면 그의 커리어는 끝장나는 것이나 마찬가지다.

그렇다고 노형진이 터트리자니…….

'아직 앙금이 남아 있단 말이지.'

자신 덕분에 모가지가 날아간 기자들이 한두 명이 아니다.

아니, 모가지가 날아간 정도가 아니라 언론계에 피바람이 불고 있다고 표현해야 할 정도다.

그건 아직도 진행 중이니, 자신들이 부탁한다고 해서 올라갈지는 확실하지 않은 상황.

"일단은 약을 확인해 보는 게 좋겠군요."

"네."

"단순 분노 조절 장애인지 아니면 사이코패스에게 처방되는 약인지부터 알아보는 게 좋을 겁니다."

"네."

"그리고 진단을 해 준 의사를 찾아가 보는 것도 좋겠지요."

물론 그가 사실을 발설할 가능성은 없지만 말이다.

"알겠습니다."

그건 검찰이 할 일이고, 노형진은 따로 할 일이 있었다.

⚖

'일단은 상황을 봐야지.'

노형진은 양지용이 있는 구치소로 향했다.

모든 사건 추적의 첫 번째는 당연히 가해자다.

그가 어떤 인간인지 알아야 사건을 제대로 볼 수 있다.

"노형진 변호사입니다."

그래서 노형진은 양지용을 찾아갔다.

그런데 구치소에 있는 양지용의 얼굴에는 여유가 흘러넘
쳤다.

"당신이 그 죽은 년의 변호사라며?"

"그렇습니다."

"그래서, 왜 온 거야? 돈이라도 몇 푼 받아 내 보려고? 그
건 내가 아니라 우리 아빠한테 말해야 할 것 같은데."

접견실의 의자에 기대앉아서 느긋하게 말하는 양지용.

"합의할 생각은 없습니다."

"지랄하고 자빠졌네. 나도 합의할 생각 없어."

노형진의 눈썹이 꿈틀거리면서 움직였다.

"변호사 말로는 한 3년 고생하면 꺼내 준다고 하더라. 그
정도면 뭐, 쉴 만하지 않겠어?"

"당신은 양심도 없습니까? 피해자의 가족들은 지금도 고
통받고 있는데."

양지용은 피식, 노형진에게 비웃음을 날렸다.

"내가 왜 미안해해야 해?"

"뭐라고요?"

"지금 나도 힘들어 죽겠거든. 음식은 더럽게 맛없지, 주변
에 있는 새끼들은 졸라 지랄 같은 병신들뿐이지, 무식한 새
끼들은 주변에 가득하지. 나도 졸라 힘들어. 그런데 왜 내가
미안해해야 해? 막말로 일이 이렇게 된 건 죽은 년 잘못이
지, 내 잘못은 아니잖아?"

"당신이 죽였잖습니까?"

"그러니까 누가 그렇게 이른 새벽에 사람도 없는 길거리를 돌아다니래? 어떤 놈팡이랑 몸뚱이 굴리고 다녔는지 모르겠지만, 정숙한 여자라면 그런 시간에 돌아다닐 리 없지. 안 그래?"

반성이라고는 전혀 하지 않는 그 모습에, 노형진은 씁쓸하게 입술을 깨물었다.

'뭐? 눈물을 흘리면서 참회하고 있어? 웃기고 있네.'

자신이 본 서류에는, 분명히 재판부는 가해자가 눈물을 흘리면서 참회하고 있다고 쓰여 있었다.

그러나 실제로는 소위 말하는 악어의 눈물조차 흘리지 않고 있었다.

"난 어차피 오래 있을 거 아니니까 당신 걱정이나 하셔."

양지용은 히죽거리면서 웃었다.

단순히 노형진을 도발하는 게 아니었다.

자신감. 그게 저변에 깔려 있는 웃음.

'뒤에서 이야기가 다 끝났다 이건가?'

변호사가 3년이나 4년을 이야기했다는 것은 이미 서로 대충 이야기가 끝나 가고 있다는 뜻일 것이다.

그러니 확실하게 말할 수 있는 거겠지.

'그렇게 둘 수는 없지.'

노형진은 스윽 자리에서 일어났다.

위에서 뭐라고 하든, 자신들의 동료가 죽었다. 그리고 노형진은 그냥 그렇게 쉽게 저 녀석을 용서할 생각이 없었다.

'네놈이 무슨 생각을 하는지 한번 보자.'

노형진이 양지용에게 다가가려는 찰나, 갑자기 문이 열리면서 한 남자가 들어왔다.

"대화는 여기까지입니다."

차가운 얼굴로 들어오는 남자. 그건 다름 아닌 손하균이었다.

'하필이면……'

노형진은 눈을 찡그렸다.

타이밍이 안 좋으려니, 아무래도 그도 양지용을 만나러 오는 길이었던 모양이다.

"변호사의 동석도 없이 의뢰인과 이야기하다니, 기가 막히군."

차가운 표정으로 노형진을 바라보는 손하균.

노형진은 그를 보면서 빈정거렸다.

"의뢰받은 부분은 형사적 부분 아니었나요? 우리는 민사적 부분에 대해서 의뢰를 받아서 합의를 위해서 온 건데요. 월권하시면 안 되죠, 민사 부분은 선임도 안 되셨으면."

노형진의 말에 천천히 한쪽 입술이 비틀려서 올라가는 손하균.

"내 앞에서 입을 털 만한 자신감은 있다는 건가?"

"젊은 놈이 자신감 빼고 뭐가 있겠습니까?"

그리고 노형진과 손하균 사이에서는 냉기가 흐르기 시작

했다.

"네놈은…… 어려서부터 마음에 안 들었어."

"그래요? 다행이네요."

"다행?"

"나도 당신, 마음에 안 들었거든."

노형진은 자신을 싫어하는 사람을 좋아할 만큼 마음이 성인군자가 아니다.

"안 그래도 한번 물어보고 싶었어. 도대체 왜 당신이 날 싫어하는지 말이지. 솔직히 우리 인생에서 서로 부딪칠 일은 없었잖아?"

회귀 전에는 더더욱 그랬다.

노형진이 유명한 변호사 중 한 명이기는 했지만 그건 상대적인 것이다.

있는 그대로 표현하자면 회귀 전의 노형진과 손하균은 분야가 다르다고 표현해야 맞을 것이다.

그래도 유명한 변호사라고 할 만한 노형진에 비해서, 손하균은 한국 상위 0.1%만을 위해서 일했으니까.

더군다나 노형진은 미국에서 오래 살아서 더 부딪칠 일이 없었다.

"그냥이라고 해 두지."

"그냥이라……."

보아하니 사실을 말하고 싶지 않은 모양이었다.

'하지만 그것만으로도 더 많은 걸 알 수 있지.'

이유를 말하지 않는 것.

그건 자신에게 불리하기 때문에, 또는 자기 자존심을 건드릴 만한 일이기 때문에 그런 것이리라.

'그렇다면 나와 직접적인 관련이 있는 건 아니군.'

그와 노형진은 나이 차이가 있다. 또한 노형진이 그의 자존심을 건드릴 만한 일이 없었다.

그러니 노형진과 직접적으로 관련되지 않은 무언가 때문에 노형진을 싫어한다는 소리다.

"그냥 나를 싫어한다라……."

노형진은 그를 보다가 피식 웃었다.

인터넷에서 유명한 명언이 생각난 것이다.

"그런 말이 있지, 누군가 나를 그냥 싫어한다면 싫어할 이유를 만들어 주라고."

노형진은 그렇게 말하면서 건들건들, 재미있다는 표정으로 자신과 손하균의 대립을 구경하고 있는 양지용을 바라보았다.

그리고 피식 웃으면서 말했다.

"당신 의뢰인의 사형 정도면 충분할 것 같은데. 안 그래?"

손하균의 입술이 비틀려 올라갔다.

싫어할 이유

"아주 난리가 났더군."

송정한은 심각한 표정으로 말했다.

보통은 변호사에게 맡기고 나서 그다지 터치하지 않는데 이번에는 이야기해야 할 상황이었다.

"그래요?"

노형진은 예상했다는 듯 천연덕스럽게 말했다.

"사형이라니. 자네 그게 무슨 뜻인지나 아나?"

"손하균 그 사람, 입이 가볍네요. 그렇게 안 보이던데."

"손하균이 아니라 양지용 측에서 나온 말이네."

눈앞에서 자신을 사형시켜 버리겠다고 했으니 그렇게 기고만장한 양지용이 부모에게 알리지 않았을 리 없다.

"우리 쪽에 전화해서 얼마나 난리를 쳤는지 자네는 모를 걸세."

"예상은 했지요."

"아니, 왜 그런 건가?"

송정한은 걱정스럽게 말했다.

노형진이 막나가는 성향이 있는 것처럼 보이지만 절대로 계획 없이 움직이는 타입이 아니다.

설사 막나간다고 해도 그걸 수습할 자신이 있을 때 하는 사람이다.

그런데 사형이라니.

"그걸 그냥 두고 볼 사람이 어디 있겠나?"

"그렇지요."

노형진은 고개를 끄덕거렸다.

그런 놈이 있다면, 그건 미친놈이 아니라 병신일 것이다.

"도대체 왜 그런 건가?"

"손하균이 절 도발하길래요."

"고작 그걸로? 아니, 그걸 떠나서, 손하균이 그 정도로 흔들릴 사람이라고 생각하나?"

"전혀요."

노형진은 피식 웃었다.

손하균은 소시오패스일 가능성이 높다.

도발했을 때 화를 내는 것도 감정을 제대로 느껴야 가능한 거지, 제대로 감정을 느끼지 못하는 그가 그럴 가능성은 높지 않다.

"손하균이 도발했다고 했지, 제가 도발했다고는 안 했습니다."

"무슨 소리야?"

"전 약속을 지키려고 이야기를 꺼낸 겁니다."

"약속을 지키려고 꺼냈다고?"

"양지용을 진짜로 사형을 받게 할 겁니다."

송정한의 얼굴이 핼쑥해졌다.

"자네, 그게 가능하다고 생각하나?"

사형은 한국에서 집행되지 않는 처벌 중 하나다.

이미 수십 년째 사형은 집행되지 않았다.

물론 법적으로 사형이 존재하기는 한다.

하지만 실제로 집행하지 않으니 판사들도 무기징역을 선고하면 했지, 사형을 선고하는 경우는 극히 드물었다.

"자네가 화가 난 건 알지만 상대방이 누군지 알고 있지 않나."

한국의 대형 병원장의 아들. 그리고 한국 서열 2위 법무법인 태양의 대표 변호사까지 붙어 있다.

"사람 하나 죽인다고 해도 길어 봐야 10년일세. 저들의 계획대로 정신이상이 나와 버리면 3년 정도가 한계일 테고."

노형진은 고개를 끄덕거렸다. 자신도 알고 있다.

"고작 한 건이라면 그렇지요."

"고작 한 건?"

"그가 고작 한 건만 했다는 증거는 어디에도 없습니다."

"뭐라고?"

"그 녀석, 이번이 처음이 아닐 겁니다."

노형진의 말에 송정한은 소름이 쫘악 돋았다.

설마 다른 살인이 또 있다는 뜻인가?

하지만 자신이 알기로는, 다른 사건이 관련되어 있다는 소리는 들은 적이 없다.

"그걸 어떻게 아나?"

"느낌이라고 해야 하나요?"

노형진은 양지용을 보면서 몇 번 만난 연쇄살인범과 비슷한 느낌을 받았다.

물론 연쇄살인범은 여러 종류가 있다.

어떤 살인범은 살인을 하면서도 자신을 멈추려고 하고, 어떤 살인범은 유명해지려고 한다. 그리고 어떤 살인범은 죽음 자체를 즐긴다.

양지용은 마지막 타입.

"이번 사건에서 그는 자신감이 넘치는 모습을 보여 줬거든요."

"그게 뭐가 중요한 건가?"

"오기와 자신감은 전혀 다릅니다."

그의 기억을 읽지는 못했다. 하지만 오기로 폼을 잡는 것과 자신감이 있는 것은 전혀 다른 모습을 보인다.

그리고 노형진이 아는 한, 마지막 타입의 살인범은 살인을 하면 할수록 자신감이 늘어난다.

"그래서 좀 더 과감하고 공격적으로 하게 됩니다. '걸리지 않을 거다.', '나는 누구에게도 잡히지 않는다.'라고 생각하거든요."

"그게 무슨 말인가?"

"살인을 하는 놈이 진짜 미치지 않고서야 사람들이 출근하는 시간대에 사람을 죽이려고 하겠습니까? 음, 영화에 나온 대사가 딱 맞는 상황이라고 할 수 있겠네요. 영화 〈마틸타〉에서 주인공이 한 말이 있지요. 킬러가 실력이 뛰어나면 뛰어날수록 표적과의 거리는 점점 가까워진다."

실제로 그 영화에서 주인공은 최고의 킬러이고, 가장 근거리에서 표적을 암살한다.

"이유는 간단합니다. 능숙하니까. 그리고 확실하게 처리할 수 있으니까."

원거리에서 총을 쏘면 자신은 안전한 대신 총알이 표적을 빗나갈 가능성이 높다.

반면에 근거리에서 칼로 찌르면 확실하게 처리할 수 있으며, 두 눈으로 직접 상대방의 죽음을 확인할 수 있다.

"양지용은 사람들이 있을 수 있는 아침에 살인을 했습니다. 만일 그 당시에 출근을 위해서 누가 차라도 타고 움직이고 있었다면 어떻게 되었을까요?"

"아."

아마도 감춰 둔 오토바이를 타러 가기도 전에 잡혔을 것이다.

어떻게 오토바이를 탔다고 해도, 그 운전자가 살인범을 잡기 위해서 차로 오토바이를 밀어 버렸을 수도 있다.

"살인에 대한 자신감: 그건 고작 한 번으로 완성되는 게 아닙니다."

자신이 잡히지 않을 거라는 확실한 믿음 그리고 숙련도는, 그렇게 쉽게 생기는 것이 아니다.

"하지만 그 인간은 진짜로 처음 아닌가?"

"걸린 게 처음이지요. 사건 기록에 대한 제 의견서를 못 보셨나 보군요."

그는 거미 같은 타입의 살인범이다. 무차별적으로 희생자를 고른다.

그에게 중요한 것은 위치다.

그리고 방식은 그때그때 바꿨을 가능성이 높다.

"낚시꾼도 오래된 낚시꾼이나 자리를 볼 줄 알지, 생초보가 뭘 알겠습니까?"

송정한은 움찔했다.

맞는 말이다. 숙련된 낚시꾼은 금방 좋은 자리를 알아본다. 그건 다 경험에서 우러나는 것이다.

"그래서 그 녀석에게 이미 경험이 있다고 생각하는 건가?"

"네."

그렇지 않다면 그가 살인을 할 때 보여 준 모습은 나올 수가 없다.

"그러면 사형시키겠다고 한 건?"

"사실대로 말하면 손하균을 건드린 게 아닙니다. 양지용의 반응을 본 거지."

만일 일반인이었다면 그 상황에서 노형진에게 개소리하지 말라고 화를 내거나 당장 간수를 불렀을 것이다.

하지만 양지용은 심하게 딸꾹질을 했다.

감추고 싶었던 게 걸렸다는 느낌이었다.

"으음……."

송정한은 심각한 얼굴이 되었다.

만일 노형진의 예상대로라면 나라가 발칵 뒤집힐 일이다. 그리고 사형이 결코 불가능한 것이 아니게 된다.

"하지만 어떻게 그를 추적하겠다는 건가?"

연쇄살인이라고 생각할 만한 공통점이 없다면 사건을 추적하는 것은 사실상 불가능하다.

미해결된 사건을 무조건 들이밀면서 '네가 한 거지?'라고 따질 수도 없는 노릇이니.

"흔적이 찾아 줄 겁니다."

"흔적?"

"네."

노형진은 씩 웃었다.

⚖️

"미결 사건이라……."

황인수는 곰곰이 생각에 빠졌다.

전국에 미결 살인 사건이 한두 개가 아니다. 매년 수백 개의 사건이 터진다.

당연히 그중에서 어떤 사건이 양지용이 한 건지 알 수 있을 리 없다.

"노 변호사님 말씀은 알겠지만 너무 억측 아닌가요?"

"수업을 들어 보셨다면서요? 그러면 억측이 아니라는 것쯤은 아실 텐데요."

"끄응…… 그건 그런데……."

자신이 세미나에서 들었던 연쇄살인범의 특징을, 양지용은 모두 가지고 있었다.

솔직히 황인수도 그런 생각을 하기는 했다.

하지만 진실을 알아낼 방법이 없었다.

"일반인이었다면 추궁하겠는데……."

"불가능하겠지요."

노형진은 예상이나 한 듯 말했고, 황인수는 고개를 끄덕거렸다.

"거의 스물네 시간 대기예요. 얼마나 교육시켜 놨는지, 일단 앉으면 '변호사'라는 그 말 한마디 하고 입을 다물어 버립니다."

사실 열두 명의 변호사 중에는 생초짜에 가까운, 그다지 유명하지 않은 변호사도 있다.

그는 아예 검찰청 앞에서 방을 하나 잡고 대기하면서, 검찰이 조금이라도 취조하려고 하면 무조건 묵비권을 행사하라고 지시하며 옆에서 떨어질 생각을 하지 않았다.

그런 상황이니 취조는커녕 얼굴 보기도 힘들 지경이었다.

"보통은 조사해서 다른 죄를 털어 내려고 하지만 이번에는 그게 불가능해서요."

"그러니까 직접 수사하려고 하는 겁니다."

"하지만 어떤 사건인지 어떻게 알고요?"

"어떤 사건인지 모르니까 찾을 수 있는 거죠."

"네?"

"중요한 건 대상의 특징이 아니라 현장입니다."

"현장?"

"네. 그리고 대상이 사망한 시간. 이 두 개가 중요합니다."

노형진은 몇 가지 방식을 알려 줬다.

일단 살인 후 시신의 방치.

대부분의 사람들은 살인한 후 시신을 버리려고 한다. 하지만 양지용은 그 당시 시신을 버리고 갔다.

애초에 시신을 감출 생각이 있었다면 그렇게 공개된 곳에서 살인하지 않았을 것이다.

"살인 희생자가 상대적으로 공개된 장소에 버려져 있었을 가능성이 높습니다."

두 번째는 바로 살인 대상의 신분.

물론 표적을 봐 가면서 골라 하지는 않을 것이다. 그러니 특정 조건에 집착하면 안 된다.

하지만 한 가지 조건은 맞을 것이다. 바로 시간.

"사람이 없는 시간에 활동하는 사람일 겁니다."

"그런가요?"

"네. 이 녀석은 바보가 아니에요. 희생자의 동선, 카메라 그리고 사람들의 활동 시간까지 재 가면서 움직이는 놈입니다."

그런 녀석이니 자연스럽게 희생자는 평소에도 인적이 드문 시간에 움직이는 사람일 것이다.

"그리고 양지용보다 약한 사람일 것."

"그건 대부분 그런데요."

연쇄살인범들은 절대로 자신보다 강한 사람을 노리지 않는다. 약자만을 노린다.

"아마도 노인은 배제해도 될 겁니다."

"에?"

노인을 배제해도 된다는 말에 황인수는 어리둥절해졌다.

가장 약한 사람이 바로 노인이 아닌가? 그들은 저항할 힘
도 없다.

"노인들은 왜 배제하는 거죠? 설마 그 미친놈이 노인 공경
을 하지는 않을 테고."

"활동 시간의 문제지요."

노인들은 대개 어두운 밤에 활동하는 성향이 아니다.

아침에 운동하는 사람들도 있지만 안전 문제로, 그런 사람
들은 많지 않다. 특히나 정해진 시간에 일정하게 움직일 가
능성은 높지 않다.

"그런 면에서 아줌마들도 마찬가지지요."

"그러면……."

잠깐 고민하던 황인수의 뇌리에, 문득 재작년에 있었던 사
건이 기억났다.

미결로 끝난 교살 사건.

자신이 했던 사건은 아니고 다른 선배가 했던 사건이다.

"학생?"

"적당하군요. 왜 그렇게 생각하신 건지?"

"아니…… 재작년에 있었던 사건이 기억나서요."

고등학생 한 명이 으슥한 골목에서 교살된 채로 발견되었
다.

목은 버려진 노끈으로 조여져 있었고, 팬티는 찢어져 있었으며, 강간의 흔적도 발견되었다.

하지만 유전자도 지문도, 뭣도 없었던 사건이어서 결국 미결로 끝났다.

"그 사건에 이상한 점이 있었나 보군요."

"네, 정액이 안 나온 건 이해하겠는데……."

강간의 흔적이 있다. 그래서 당연히 사망자에 대한 전반적인 검사가 진행되었다.

강간의 흔적이 있는데 정액이 없다면, 생각할 수 있는 것은 범인이 콘돔을 썼다는 것뿐이다.

"논리적으로 말이 안 되는 사건이지요."

"네."

콘돔을 끼기 위해서는 바지를 까고 있어야 한다. 그런데 그걸 끼는 동안에 희생자가 기다렸을 리는 없다.

밀폐된 공간이나 도망갈 수 없는 공간이라면 모르겠지만, 으슥한 뒷골목이라고 해도 작심하고 밀어내면 도망갈 수 있는 공간이다.

"그래서 범인이 두 명 이상이라고 생각했지요. 그런데 둘 다 아무것도 안 나오니……."

"혹시 질 내 성분 검사도 했습니까?"

"했지요. 그랬더니 더 환장하겠더군요."

콘돔을 끼고 강간했다면 콘돔에 묻어 있는 윤활 성분이 나왔어야 정상이다. 그런데 그런 건 없었다.

"장소는요?"

"장소요?"

"아까도 말했지만 이놈은 장소를 선택하는 놈입니다. 희생자가 아니라요. 그러니 그 장소가 키워드겠지요."

황인수는 그 장소에 대한 기억을 애써 더듬었다.

하지만 사건 전반에서 그 장소에 대한 기억은 별로 없었다. 그저 으슥한 뒷골목이었다는 정도밖에.

'하긴 내가 담당한 사건이 아니니.'

사건 전반의 내용도 하소연하는 선배에게서 들은 것뿐이다.

"아무래도 그 사건 서류함을 열어 봐야겠는데요."

⚖

"이런 미친."

황인수는 서류를 열어서 확인하다가 소름이 돋는지 부르르 떨었다.

"흡사하군요."

흡사한 정도가 아니었다.

서류상에 적혀 있는 현장의 상황은 무서울 정도로 한수린 사건과 비슷했다.

사람이 다니지 않는 골목, 카메라도 없는 가난한 동네, 그리고 사람들이 움직이지 않는 늦은 밤.

　"여학생은 야자를 하고 집으로 가는 중이었고요?"

　기록을 보면 딱 맞아떨어진다.

　"왜 이걸 몰랐지?"

　"현장의 특성은 연쇄살인범의 특징으로 분류되지 않으니까요."

　미국에서조차도 이제야 적용되고 있는데 한국이 그걸 감안할 리 없다.

　"그리고 양지용의 성격을 생각하면 특정하는 것은 불가능하구요."

　죽이기 위해서 다른 도구를 사용했다.

　더군다나 강간을 위장해서 일까지 벌여 놨으니 다른 사람들은 다른 사건과 비슷하다고 생각도 못 했을 것이다.

　"하지만 강간은……."

　"도구야 많지요."

　노형진은 눈을 찡그렸다.

　남성의 성기를 닮은 성인용품을 구하는 것은 어려운 일이 아니다.

　한국에 흔하게 있는 게 성인용품점인 데다 인터넷에서도 쉽게 구할 수 있다.

　"현장을 보고 사건을 분류해야 한다고요?"

황인수는 질린 표정으로 주변을 둘러봤다.

이 지역에만 수십 건의 미결 사건이 있다. 그리고 전국적으로는 얼마나 많은 사건이 있는지 알 수도 없다.

"기록상으로 보면 사건은 단발성이었습니다. 주변에 비슷한 사건도 없었고요. 그래서 사건 수사가 흐지부지된 부분도 있군요."

살인은 아주 중요한 사건이기는 하지만 결국 한 건의 사건에 지나지 않는다.

더군다나 비슷한 사건이 없는 단발식 사건의 경우, 시간이 지나면 점차 다른 살인 사건들에 밀릴 수밖에 없다.

"양지용은 그런 걸 알고 있을 겁니다."

양지용은 현재 서울 유수의 대학에 다니고 있다. 절대로 머리가 나쁜 놈이 아니다.

그러니 경찰의 수사 방식에 대해서 대충 알아보는 것은 어려운 일이 아닐 것이다.

"하지만 증거가……."

"증거는 조작될 수도 있는 겁니다."

"네?"

"사람들은 범인들이 증거를 자신도 모르게 흘린다고 생각하지요."

하지만 그렇지 않은 경우도 종종 있다.

가령 전혀 엉뚱한 것과 증거가 연관이 있는 경우 말이다.

"미국에서 있었던 일이지요."

연쇄살인 사건이 벌어졌다.

그 살인 사건의 현장에서 발견된 흙은 사막에 있는, 이제는 사라진 골재 채취 현장에서 나온 것이었다.

당연히 다들 그곳에 접근할 수 있는, 또는 그곳을 아는 사람들에 대해서 알아보려고 했다.

증거만 봐서는 범인의 신발에서 떨어진 것이라고 판단할 수밖에 없었기 때문이다.

"그런데 그 당시에 프로파일러는 이상하다는 생각을 했지요."

"이상하다는 생각?"

"네."

살인 현장에서 떨어진 흙. 그게 너무 노골적이었던 것이다.

며칠간 비가 왔다. 당연히 골재 채취 현장으로 들어갈 수가 없는 상황이었다.

더군다나 프로파일링을 해 보니 그 살인범의 성향은 그런 곳에서 일하는 노동자가 아니라 전형적인 인텔리였다.

전혀 어울리지 않는 상황에, 그는 아예 이상한 증거를 배제하고 수사했다.

그리고 얼마 지나지 않아서 범인을 잡을 수 있었다.

"사람들은 강간했다고 하면 보통 남자가 여성에게 강제로

삽입한 걸 생각하지요."

"그렇지 않나요?"

"하지만 남자가 불능인 경우의 강간은 어떻게 이루어질까요?"

황인수는 멍해졌다. 지금까지 그런 사건은 없었기 때문이다.

하지만 노형진은 그 경험이 있었다, 바로 미국에서.

"설마?"

"성기를 대신할 뭔가를 이용하려고 하지요."

"……!"

성인 남성에게 자신이 성적으로 불능이라는 것은 상당한 스트레스다. 그래서 그로 인한 살인을 저지르는 경우도 제법 된다.

그중 일부는 성적인 강간을 대신할 수 있는 다른 도구를 이용하기도 한다.

아직까지 한국에는 그런 사례가 없지만.

"그러면 양지용이 불능이라는 말입니까?"

"아니요."

양지용은 불능이 아니다.

조사에 따르면 그는 멀쩡하게 술집을 다니고 여자를 끼고 돌아다니며 소위 말하는 2차를 즐긴다.

"그걸 노렸을 가능성이 크다는 거죠."

"노렸다?"

"네. 만일 지식이 조금 있는 사람이라면, 아마도 불능 성향을 가진 강간범을 추적할 테니."

그렇게 되면 양지용은 완벽하게 그 수사 범위에서 벗어나게 되는 것이다.

유전자도 없고, 사진도 없고, 취향마저 다르니.

"철저한 계획범죄라는 뜻이지요."

"음."

황인수는 입안이 썼다.

하긴 이번 사건에서도 여러모로 계획범죄의 냄새가 나기는 했다.

다만 막강한 변호사들과 위에서의 압력, 그리고 이미 마음을 결정한 재판부 때문에 이빨도 안 들어가서 문제지.

"표정을 보아하니 뭔가 걸리시나 봅니다."

"사실상 재판을 끝내고 재판하는 셈이라서요."

"재판부가 이미 마음을 결정한 모양이군요."

"네."

자신이 어떤 증거를 내밀어도 이빨도 안 먹히는 느낌이었다.

"마치 우주 방어에 유린당하는 저그 같은 느낌입니다."

"우주 방어에 유린당한다라……."

이해가 갈 것 같았다.

12억이나 들여 그렇게 비싼 변호사를 쓴 그들이 과연 판사에게는 손을 쓰지 않았을까?

　"물론 노 변호사님 말씀은 맞는 것 같습니다. 제가 봐도 이놈, 전문적인 놈이에요. 하지만 증거가 없잖습니까?"

　"증거는 현장에 있지요."

　"현장에요?"

　"네."

　"하지만 한두 건도 아니고……."

　전국적으로 미결 살인 사건은 한두 개가 아니다.

　거기에다 피해자에 대한 취향이라도 있다면 그걸 기반으로 추적하면 되는데, 양지용은 그냥 자신이 죽일 수 있는 사람이라면 누구든 상관없어하는 놈이었다.

　"애석하지만 우리나라는 사건을 기준으로 공간을 분류하지는 않습니다."

　기껏해야 일정 지역에서 일어난 사건을 기준으로 하는 거지, 그 지역의 형태를 추적하지는 않는다.

　"전 다른 곳에서 정보를 얻을 생각인데요."

　"다른 곳이라고 한다면?"

　황인수는 고개를 갸웃했다.

　다른 곳에서 어떻게 정보를 얻는단 말인가?

　"그의 컴퓨터요."

　"네에?"

"그는 살인범입니다. 그의 컴퓨터를 압수하지 않으셨나요?"

"그거야 그렇지만……."

이미 컴퓨터는 이 잡듯이 뒤졌다.

그러나 몇 개의 포르노 빼고는 특이한 것이 없었다.

사실 포르노라는 것도 이상한 건 전혀 아니다. 그 나이대의 남자 컴퓨터에 포르노가 없다면 그게 더 이상한 일이니까.

"전 그 안에 저장된 걸 찾으려는 게 아닙니다. 그의 검색 기록을 찾으려는 거지요."

"검색 기록?"

"네, 생각해 보세요. 그는 현장의 위치를 가지고 살인을 하는 지능형 살인범입니다. 그렇다면 그는, 자신이 원하는 그런 위치를 어떻게 찾을 수 있었을까요?"

"으응?"

"전국에 있는 모든 곳을 다 돌아다니면서? 그럴 수는 없지요."

그는 학생이다. 방랑자나 노숙자라면 모르지만 학생으로서 자기 본분이 있으니 그런 곳을 찾아다닐 시간이 없다.

그러나 한 지역에서 다수의 사람이 죽은 적도 없다.

그 말은, 그 녀석이 다른 살인도 저질렀다면 분명히 다른 지역에서, 다른 방식으로 저질렀다는 뜻이다.

"우리에게는 인터넷이라는 위대한 문명이 있지요."

"인터넷으로 '살인하기 좋은 곳'이라고 찾을 수는 없지 않습니까?"

"그런 게 나올 리 없지요. 하지만 로드 뷰라면 어떨까요?"

"로드 뷰!"

황인수는 뒤통수를 맞은 듯 정신이 번쩍 들었다.

로드 뷰.

차량에 단 카메라로 길을 찍은 뒤, 지도에 탑재하여 제공하는 인터넷 서비스다.

당연히 그 길의 풍경이 전부 찍혀 있어 정확한 탐색이 가능하다.

"보통 사람들은 쿠키를 삭제하는 걸 잊어버리지요."

그러니 검색어 같은 걸 알아내는 건 어려운 일이 아니다.

더군다나 일반적으로 사람이 로드 뷰로 검색하는 것은 그다지 많지 않다. 그곳에 가야 할 일이 있을 때만 찾으니까.

"거기서 찾은 것과 살인 사건을 교차 검색하면 뭐든 나오겠군요."

"네."

"오오, 좋은 생각입니다."

황인수의 얼굴이 환하게 밝아졌다.

안 그래도 어떻게 추적을 해야 하나 고민하고 있었는데 말이다.

"바로 국과수에 맡겨야겠군요."

"시간도 없고, 맡긴다고 해도 제대로 할지, 솔직히 믿음직스럽지 않지 않습니까?"

"그거야 그런데……."

"우리 쪽에 맡겨 보시는 게 어떨까요?"

노형진은 넌지시 그에게 물었다.

"우리 쪽에 그 컴퓨터의 영혼까지 털어 낼 수 있는 사람이 있거든요, 후후후."

새론의 서버 팀은 사실 말이 서버 팀이지 해커 팀이라고 해도 무방하다.

노형진이 직접 초빙한 해커로 구성된 팀은 채 이틀도 지나지 않아서 진짜로 그 컴퓨터에 있던 모든 걸 알아내 왔다.

"그 새끼 컴퓨터에 좋은 포르노 많던데요?"

"그런 것까지 확인했냐?"

이수종은 씨익 웃었다.

"시간이 남아서요."

"허."

시간이 남는다고 포르노까지 털어 낸 모양이었다.

"덕분에 제 컬렉션이 늘었습니다."

"그거야 뭐 상관은 안 하겠는데, 뭐 좀 나왔어?"

"네, 벌써 나왔지요."

이수종은 제법 두툼한 서류를 내밀었다.

"이건?"

"시간이 남는다고 말씀드렸잖아요. 그 녀석 컴퓨터에서 찾은 검색 지역하고, 그 지역에서 발생한 미결 사건을 교차 프로그램으로 돌려 봤습니다."

도대체 얼마나 시간이 남는 건지 모르지만 그가 이렇게 말할 정도면 설렁설렁 하지는 않았을 것이다.

"의심 사건은 총 백서른 건입니다. 하지만 시간을 기준으로 판단해야 하는 부분도 있더군요. 이번 달에 검색했는데 지난 달에 사건이 발생하지는 않았을 테니까요. 그래서 그런 변수를 제거하고, 최종 검색일을 기준으로 6개월 이상 지난 후에 발생한 사건도 제외했습니다. 그런 곳은 두 곳뿐이지만……."

"그래서?"

"결과적으로 사건 현장이 스물한 곳이 발견되었습니다."

노형진의 눈썹이 꿈틀거렸다.

이건 예상치도 못한 숫자다. 스물한 곳이라니?

"그리고 저도 이 바닥에 있다 보니 배우는 게 있거든요."

이수종은 서류를 꺼내서 차근차근 넘겼다.

"전에 노 변호사님이 말씀하셨잖습니까, 연쇄살인범은 발전한다고?"

"그랬지."

"그래서 시간순으로 확인해 봤습니다. 그랬더니 재미있는 게 있더군요."

"재미있는 것?"

"네. 초반에는 어설프더군요."

노형진은 보고서를 받아서 확인해 보았다.

확실히 초반에는 살인범도 어설플 수밖에 없다. 그 과정에서 배워 가면서 좀 더 익숙해지는 것이다.

"최초의 사건은 이겁니다."

기록에 따르면 시골에서 한 여자가 변사체로 발견되었다.

길의 형태도 비슷한 곳이었다.

사망 이유는 과다 출혈.

속칭 '퍽치기'에 당하고 난 후에 사망. 그녀의 지갑과 귀금속도 사라졌다.

"그런데 공교롭게도 그 녀석은 그때 여행 중이었습니다."

"이 지역이었나 보군."

이수종은 고개를 끄덕거렸다.

"으음……."

노형진은 대충 상황이 그려지기 시작했다.

어떤 연쇄살인범이라도, '처음'은 있기 마련이다.

처음부터 사람을 죽이고 싶어서 안달하는 놈도 있겠지만 어느 순간 살인의 쾌감에 눈뜨는 놈도 있다. 그 어떤 일도,

처음은 있는 법이니.

'그리고 이때가 처음이었군.'

아마도 여행하다가 돈이 떨어졌을 것이다. 당장 필요한 돈을 구하기가 번거로워지자 속칭 '퍽치기'를 해서 구할 생각을 했을 테고 말이다.

그리고 그때 양지용의 안에 있는 살인마의 스위치가 켜졌을 것이다.

아마 처음에는 여행을 위해 로드 뷰를 사용했을 테지만…….

"그리고 그 후에 행적에 따라서 살인이 계속 발생했어요. 그런데 안양 사건 이후에 패턴이 바뀌더군요."

그 전까지의 방식은 간단했다. 칼을 이용한 살인.

그런데 안양 사건 이후에 갑자기 패턴이 바뀌었다.

한 가지 방식을 쓰는 게 아니라 여러 가지 방식을 사용하는 것으로.

어째서일까?

"그 당시 뉴스를 찾아봤는데, 안양 사건이 그 녀석한테 상당히 접근한 모양이더군요."

"접근했다고?"

"네. 피해자가 살아남았거든요."

노형진은 서둘러서 그 당시 사건에 대해 찾아봤다.

기사에 확실하게 적혀 있었다. '생존'이라고.

"운이 좋았다고 해야 하나?"

사람이 없는 길이기는 했다. 그런데 지나가던 자장면 배달부가 비명을 듣고 황급하게 오토바이를 끌고 달려온 것이다.

사람이 다가오자 당연히 범인은 다급하게 도망칠 수밖에 없었고, 그 덕에 피해자는 살아남을 수 있었다.

"그 당시 피해자가 범인의 얼굴을 봤지만……."

하지만 비교 대상이 없었고, 결국 사건은 미결로 끝났다.

'그렇군.'

노형진은 대충 이해가 가기 시작했다.

그 녀석은 살인하는 방식이 여러 가지다. 보통 살인범들이 한 가지 방식을 선호하는 것과는 전혀 다른 형태를 보이고 있다.

'자신이 잡힐 수도 있는 위험도.'

한번 얼굴이 팔렸으니 까딱 잘못하면 체포당할 수도 있다.

그러니 그는 방식을 바꿈으로써 마치 전혀 다른 사건처럼 위장하고자 했던 것이다.

"아무래도 이 사건을 수사한 경찰을 만나 봐야겠군."

드디어 꼬리가 잡히고 있었다.

⚖️

"그 사건요? 기억하지요."

경찰은 피곤한 듯 마른세수를 하면서 말했다.

"그 미친놈 때문에 이 지역이 발칵 뒤집어졌으니까."

"그렇지만 범인은 끝까지 못 찾은 거고요?"

"그렇죠."

'그랬겠지.'

살인 사건은 일단 주변의 원한 관계를 추적하는 것이 보통이다.

거기에다 칼로 수차례 찔러서 죽이는 것은 보통 원한이 심할 때 벌어지는 일이다.

그러니 주변만 털어 봤겠지. 설마 얼굴도 모르는 서울 시민이 살인범이라고 생각이나 했겠는가?

"그때 이 잡듯이 뒤졌는데 진짜 범인은 안 나오더라고요."

"증거는요?"

"증거도 없고."

어깨를 으쓱하는 남자.

사실 증거는 기대도 하지 않았다. 노형진이 궁금한 건 결과가 아니라 과정이었다.

"그런데 왜 사건이 그렇게 성급하게 미결로 넘어간 겁니까?"

살인 미수 사건이다. 그것도 '묻지 마 살인'으로 의심되는.

그렇다면 어떻게 해서든 잡아야 한다. 그런데 순식간에 미결로 넘어갔다.

살인 사건에 붙어 있는 인사고과를 생각하면 말도 안 되는 일이다.

"그거야……."

스윽 시선을 돌리는 경찰.

그의 시선이 향한 곳을 보면서 노형진은 속으로 피식 웃었다.

'뻔하군.'

위에서 지랄했겠지.

이 당시만 해도 양지용은 어설펐던 시기다. 그래서 영화처럼 다짜고짜 배에다가 칼을 찔러 넣었던 것이다.

그런데 사실 그렇게 하면 사람은 쉽게 안 죽는다.

그걸 모르고 그렇게 했으니 당연히 비명이 터져 나왔을 테고…….

'이번에는 사람이 가까이 있었다.'

평소와 다르게 오토바이가 굉음을 내고 달려오자 황급하게 도망간 것이다.

그 덕분에 피해자는 목숨을 살렸고.

'그리고 사건은 갑자기 덮였다.'

노형진은 거기까지 생각하고는 눈을 찡그렸다.

양지용이 과연 자신의 힘으로 이 사건을 덮을 수 있었을까?

'그럴 리 없지.'

양지용은 그냥 미친놈일 뿐, 권력을 가진 미친놈은 아니다.

결국 이 사실을 덮을 만한 사람은 그의 부모뿐이라는 뜻이
다.

'그놈들도 미친놈인 건 마찬가지군.'

이런 사건이 터졌다면 신고해야 정상이다.

설령 친자식이라 차마 신고를 못 했다 해도, 정신병원에는
넣었어야 한다.

그런데 부모는 그렇게 하는 대신에 사건을 무마시키고 아
들을 그냥 방치했다.

이게 그의 네 번째 살인 시도였으니 그 이후에도 숱하게
많은 사람이 죽은 이유는 부모들이 사건을 덮었기 때문이라
고 봐도 무방하다.

"그래서 증거가 단 하나도 없다고요?"

"아예 증거라고 할 만한 게 없다니까요."

"그래요?"

노형진은 고개를 끄덕거렸다.

'있어도 이미 사라졌을 테지.'

안 그러고서야 지금 같은 일이 벌어질 수가 없으니까.

"알았습니다."

노형진은 더 이상 말하지 않고 자리에서 일어났다.

함께 온 손채림은 그런 그의 뒤를 조용히 따라 나왔다.

"어쩔 거야? 경찰들이 도와줄 것 같지는 않은데."

"알고 있어."

"뭐?"

"알고 있다고. 저 녀석들이 이렇게 나올 거라는 것쯤은 말이지."

이 건이 발각되고 나면 경찰에 부는 바람은 산들바람 정도가 아닐 것이다. 말 그대로 피바람이 불 것이다.

그러니 저들은 절대로 도와줄 수가 없다.

"다른 건 몰라도, 이번 건에 대해서는 더더욱 문제가 되겠지."

"그러면 어쩔 거야?"

"이미 떡밥은 뿌려졌어."

"응?"

노형진은 느긋하게 자신들의 차로 향했다.

그리고 차에 도착했을 때 피식 웃었다.

"역시나."

"응?"

"일단 타."

손채림은 어리둥절한 얼굴로 차량에 탔다.

그러자 노형진은 그런 그녀에게 생각지도 못한 말을 했다.

"경찰이 전폭적으로 협조해 준다고 하니 다행이네."

눈을 찡긋하며 신호를 보내면서 하는 노형진의 말에 손채림은 무슨 소리인가 하는 표정이 되었다.

노형진은 슬며시 문틈을 가리켰다.

그게 무슨 뜻인지 알아챈 손채림은 고개를 끄덕거렸다.

"그러면 범인은 이제 끝난 거네?"

"그래. 이제 몽타주도 대충 완성되었다니까. 오토바이 배달부가 다행히 얼굴을 봤다잖아."

"그런데 왜 경찰은 그 배달부가 얼굴을 못 봤다고 한 거야?"

"뭐, 이유야 여러 가지겠지. 증인 보호도 있겠고. 사실 범인이 양지용이라면 위에서 압력이 심했을 거야. 그 밤중에 제대로 본 것도 아닐 테고 말이야."

"그런데 이제 와서······?"

"양지용의 사진이 사방에 있잖아. 아마 그걸 보고 '아, 이놈이다.' 싶었겠지."

시동을 걸고 천천히 주차장을 나가는 노형진.

"일단은 배달부가 증언한다고 했으니 이제 게임은 끝난 거지. 한 건이라면 어떻게든 하겠지만 두 건이라면 묻을 수는 없을 거야."

"너, 사형시킨다면서?"

"그게 쉽냐, 실제로 우리나라에서는 사형도 안 시키는 판국인데."

이런저런 이야기를 하면서 차를 몰고 다시 서울로 돌아온 두 사람.

노형진은 자신의 사무실에 들어오자마자 창문으로 바깥을 바라보았다.

"아직도 따라온 거야?"

"그래."

노형진은 피식 웃으면서 블라인드를 내렸다.

"그나저나 이제 미쳤구나. 차에 도청 장치를 달다니."

"나야 감사할 일이지."

노형진과 손채림이 그렇게 엉뚱한 말을 한 이유는 간단하다. 차량에 달려 있는 도청 장치 때문이었다.

차량 안은 상당히 개인적인 공간이다. 그래서 미국의 경우 여러 가지 문제로 택시의 앞자리에 손님이 타지 않는다.

실제로 많은 비밀스러운 이야기가 차량 안에서 오간다.

"아마 우리가 감지 장치를 설치했으리라고는 생각도 못 했겠지."

노형진은 그 점을 감안하여 차량 안에 도청 장치 감지기를 설치했다.

그런데 차량에 탔을 때 분명히 그 감지기에 경고 표시가 되어 있었다.

"아버지일까?"

손채림은 눈을 찡그리면서 말했다.

'설마 아버지가 이렇게까지 할까?' 하는 생각도 들었던 것이다.

하지만 그녀는 금방 고개를 흔들었다.

그러고도 남는다는 생각 말고는 드는 게 없었으니까.

"누구든 상관없어. 하지만 아마 나 때문에 불안하겠지."

"불안해?"

"내가 사형시켜 버린다고 했잖아."

"그러기는 했지."

"그런 상황에서 제일 신경 쓰이는 게 뭐겠어?"

"아하!"

노형진이 사건에 직접 뛰어들어서 조사하고 다니는 거야 딱히 비밀도 아니다.

그렇다면 그들은 노형진의 일거수일투족을 감시하면서 대책을 세우려고 할 것이다. 그리고 그 과정에서 노형진에 대한 도청도 실행될 것이고.

"그렇게까지 할 줄이야."

"'그렇게까지 할 줄이야.'가 아니야. 한국에서는 이미 흔하게 벌어지고 있는 일이야."

노형진은 안타깝다는 듯 말했다.

하지만 그렇다고 해서 아쉬워하지는 않았다. 자신도 이기기 위해서라면 충분히 그럴 용의가 있으니까.

"하지만 문제는, 저 녀석들이 단순히 이기기 위해서 그러지는 않을 거라는 거지."

자신은 이기기 위해서 감시를 하겠지만 저들은 그게 아니라 감추기 위해서 그걸 쓸 것이다.

어차피 이렇게 불법적으로 녹음한 기록은 증거로도 쓰지 못하니까.

"그러니 저들이 뭘 어떻게 할지는 예상하는 건 어려운 게 아니지."

노형진은 자리에서 일어났다. 그리고 바로 고문학을 불렀다.

"부르셨습니까?"

"도움이 필요합니다. 저랑 채림이랑 비슷한 체격을 가진 사람이 있나요?"

그는 빙긋 웃었다. 노형진이 무슨 생각을 하는지 알아챈 것이다.

그쯤 되는 사람이 자신들의 건물을 감시하는 차량을 모를 리 없으니까.

"당연히 있지요."

"그러면 그분들, 부산으로 여행이나 한번 가 봐야겠네요."

"좋아하겠네요. 옷은 있으신지요?"

"네."

노형진은 구석에 있는 캐리어를 당겨서 꺼냈다.

사무실에서 몇 날 며칠을 새워야 할 때도 있는 직업이니 미리 준비해 둔 옷들이었다.

"아이고, 내 팔자야."

손채림 역시 바깥으로 나가더니 옷을 갈아입고는 입고 있던 옷을 들고 왔다.

　그사이 옷을 갈아입은 노형진은 차 키와 함께 그 옷들을 고문학에게 건넸다.

　"기름은 가득 채워 놨으니 시원하게 드라이브해 보라고 하세요."

　"그러지요, 후후후."

　고문학은 미소를 지으면서 아래로 내려갔다.

　노형진은 잠시 후 사무실의 불을 끄고 블라인드 사이로 도로를 내려다봤다. 그리고 주차장에서 나온 자신의 차가 어둠을 헤치면서 달려가는 것을 확인했다.

　그 차가 나가기 무섭게 두 대의 차량이 따라가는 것이 보였다.

　"오케이. 움직이자."

　노형진이 바깥으로 나갔을 때 고문학과 경호 팀 네 명이 기다리고 있었다.

　"꼬리를 잡으러 가 봅시다."

너 사형

"에엑!"

홍춘루에서 일하는 오토바이 배달부인 송만호는 갑작스럽게 자신을 찾아온 사람들의 말에 기겁했다.

그는 피해자가 살아났던 살인 사건에서 아슬아슬하게 피해자를 구했던 사람이다.

배달하러 가던 도중에 누군가의 비명이 들려 쫓아갔는데 살인범이 있었던 것이다.

다급한 마음에 들고 있던 철가방으로 두들기자 범인이 도망갔는데, 이제 와서 그 범인이 자신의 목숨을 노린다는 말에 다리가 와들와들 떨렸다.

"절 노린다고요?"

"네."

"아니, 왜요!"

"사실은 살인범 쪽에서 송만호 씨가 범인의 얼굴을 봤다고 생각하고 있습니다."

송만호는 깜짝 놀랐다.

"제가 볼 수 있는 상황이 아니었는데요?"

"그건 상관없죠, 그쪽 입장에서는."

노형진은 자신이 그렇게 오해하도록 만들었다는 것은 말하지 않았다.

"아니, 그게 몇 달 전 사건인데 이제 와서……."

"사실은 상황이 좀 바뀌었습니다. 그 사건의 범인으로 의심받는 사람이 나타났거든요."

"의심받는?"

"네."

노형진은 양지용의 정체와, 그가 연쇄살인범이라는 의심을 받고 있다는 사실을 말했다.

그 말을 들은 송만호는 두 다리가 와들와들 떨려 왔다.

연쇄살인범이 자신을 노리고 있다고 하니 정신이 아득해졌다.

"전 아무것도 모르는데……."

"아, 그건 상관없습니다. 중요한 건 지금 증언을 할 수 있는 유일한 사람이 송만호 씨라는 거지요."

피해자의 경우 그 사건 이후에 심각한 대인공포증을 앓고 있다. 그래서 증언 자체가 불가능한 상황이다.

그러니 남은 증인은 송만호 한 명뿐.

"그러면 절 죽이려고 할까요?"

"아니요."

"에?"

송만호는 눈을 크게 떴다.

"사람을 죽이는 건 쉬운 일이 아닙니다."

"그게 무슨 말씀이신지?"

"저들은 송만호 씨를 회유하려고 할 겁니다."

자신을 죽이지 않을 거라는 말에 송만호는 어리둥절했다.

노형진은 그에게 그럴 수밖에 없는 이유를 말해 줬다.

"그들은 송만호 씨가 범인의 얼굴을 봤다고 생각하고 있습니다. 그리고 제가 그 사실을 알고 있다고 알고 있지요."

"그런데요?"

"그 상황에서 송만호 씨에게 무슨 일이 터지면, 어떻게 될까요?"

"아, 변호사님이 조사를 하겠네요?"

"네. 당연히 경찰도 끼겠지요."

섣불리 송만호를 건드리는 것은 타초경사의 우를 범하는 꼴이 된다.

물론 그를 죽여서 입을 다물게 하는 것이 확실하기는 하다. 그렇게 막나가는 놈들도 있기는 하다.

'하지만 그들은 그러지 못한다.'

미국의 갱단이나 마약상들은 그런 경우가 많다. 애초에 그들의 삶 자체가 불법적이기 때문이다.

하지만 양지용의 집안은 아니다. 그렇게 했다가는 모든 걸 잃어버리게 된다.

"그럴 때 가장 좋은 것은 돈으로 입을 막는 거죠."

"그러면……."

"얼마 받고 싶으세요?"

노형진은 그에게 씩 웃으면서 말했다.

"이참에 용돈 좀 벌어 보시죠."

⚖

"아, 씨발."

홍춘루의 주인장은 진땀을 빼고 있었다.

아침부터 자신의 식당을 점거한 인간들.

그들은 하나같이 양복을 입고 자리를 하나씩 차지하고 있었다. 앞에는 자장면 한 그릇씩을 덩그러니 놓은 채.

'아오, 돌겠네.'

그런데 그들은 그걸 먹지도 않고 그저 입구만 바라보고 있었다.

이것이 법이다

'뭐라고 할 수도 없고.'

척 봐도 건드리면 재미없다는 표정으로 자신을 노려보고 있으니 뭐라고 할 수도 없다.

심지어 배달 주문을 받아야 하는데 전화기까지 강제로 내려 두게 한 상황.

"저 왔습니다."

배달은 점심때부터 시작되기 때문에 송만호는 느긋하게 가게에 출근했다가 움찔했다.

가게의 분위기가 평소와 달랐기 때문이다.

"만호야!"

"어, 사장님."

그가 움찔하는 사이 입구 가까이에 있던 남자가 송만호가 방금 들어온 입구를 스윽 막고 잠가 버렸다.

"송만호 씨 되십니까?"

"그, 그런데……."

"이야기를 좀 하고 싶은데요."

송만호는 침을 꿀꺽 삼켰다. 노형진이 했던 말이 생각난 것이다.

조만간 자신을 찾아올 거라고 했다.

"사…… 사장님, 이게……?"

"미안하다. 내가 전화를 할 수가 없었다."

사장은 당장이라도 무슨 일이 일어날 것처럼 부들부들 떨었다.

아침부터 찾아와서 송만호를 찾는 이들의 모습에, 경고해 줄 틈도 없었다.

오자마자 전화기 선부터 뽑고 지금까지 차가운 눈빛으로 자신을 노려보고 있었으니.

"크흠……."

송만호는 침을 꿀꺽 삼켰다.

하지만 이내 노형진이 했던 말을 생각하면서 용기를 냈다.

—그들은 절대 당신을 해치지 못합니다. 만일 당신을 억압하려고 하는 것 같으면 절 파세요. 제가 다 알고 있다는 식으로 이야기하면 절대 손대지 못합니다.

아무리 그들이 다급하다고 해도, 새론은 절대 만만한 집단이 아니다.

새론에 모든 녹음 파일이 있다고, 자신에게 손을 대는 순간 그걸 까발릴 거라고 말하면 된다.

그걸 부정하려면 송만호가 직접 나서서 해야 한다.

"당신들 뭐야!"

송만호는 애써 용기를 내어 악다구니를 쓰듯이 외쳤다.

"당신이 쓸데없는 걸 알고 있다고 하던데?"

스윽 일어나는 남자들.

그리고 몇몇은 품 안으로 손을 넣었다. 누가 봐도 칼을 꺼내는 듯한 포즈였다.

'으윽.'

그는 침을 꿀꺽 삼켰다.

'진정하자. 진정.'

분명히 그들이 일단은 겁을 줄 거라고 했다.

그래야 자신들에게 유리한 조건으로 협상할 수 있으니까.

'쫄지 말자.'

송만호는 눈을 질끈 감았다가 강하게 떴다. 그리고 최대한 이죽거리는 목소리로 말했다.

"네놈들이 그 양지용 그 새끼 똘마니들이냐?"

품에 손을 넣었던 몇몇이 움찔했다.

"나도 가물가물했거든? 그런데 씨발, 요즘 인터넷에 떡하니 얼굴 박혀서 나오더라? 그래서 그때 그 새끼라는 걸 알았지. 그래, 나 그거 안다. 그래서 어쩔 건데?"

"마…… 만호야."

"사장님은 그냥 계세요. 어차피 저 새끼들, 우리한테 손 못 대요."

"뭐?"

식당에 있는 남자들의 얼굴이 사정없이 구겨졌다. 분명히 기분이 나빠진 것이리라.

하지만 송만호는 그걸 보면서 더 크게 외쳤다.

"너희들이 어쩔 건데! 죽일 거야, 어쩔 거야!"

사장의 얼굴은 파리하게 질려 버렸다.

"씨발, 경찰에도 변호사한테도 다 까발렸는데, 너희들이 뭐 어쩔 건데? 그래서 나 죽으면? 경찰이 참 좋아하겠다. 그지?"

그들의 얼굴이 딱딱하게 굳었다. 하지만 움직이지는 않았다.

그리고 그걸 보고 송만호는 용기를 얻었다.

"그래, 내가 양지용이 얼굴 봤다! 인터넷에 면상이 그렇게 나도는데 내가 모를 것 같았냐!"

"으음……."

"이렇게 와서 깽판 치면? 내가 이야기 못 할 것 같아? 씨발!"

송만호가 극단적으로 나오자 점점 더 곤란해지는 것은 양복 입은 남자들이었다.

"연쇄살인범이라는데, 내가 가만히 있다가 모가지 따일 줄 알았어?"

"연쇄살인범?"

"씨발, 경찰이 그러더라? 스물한 건이나 해 처먹었다면서?"

남자들의 얼굴에 당혹감이 서렸다. 그건 몰랐던 사실이기 때문이다.

"형님, 이건 이야기가……."

"쉿!"

형님이라고 불린 남자는 일이 글러 먹었다는 걸 알고 입을 다물게 했다.

"그게 무슨 말씀이신지……?"

"경찰이 그러더라. 스물한 건이나 한 놈이라고. 그러니까 조심하라고. 씨발, 그래서 내 목 따러 온 거야, 뭐야? 그놈은 교도소에 있다면서?"

"으음."

형님이라 불린 남자는 정신이 아득했다.

'이건 좀 곤란한데.'

경찰에서 나오지 않은 이야기다.

하지만 그 정도 정보라면 나오는 게 오히려 더 이상하다.

아무리 경찰이 호구라고 해도, 스물한 건의 연쇄살인범을 지켜 주려고 하지는 않을 테니까.

'일이 틀어졌다.'

사실 그에게 떨어진 일은 송만호를 적당히 구슬려서 입을 다물게 하는 것이었다.

그런데 이건 적당히 구슬릴 수 있는 상황이 아니었다.

그는 잠깐 고민하다가 입을 열었다.

어찌 되었건 송만호의 말이 맞다. 경찰에 증언한 이상 그를 죽여 봐야 아무런 소용이 없다.

그걸 뒤집으려면 그가 직접 나서서 부정해야 한다.

　"오해가 있었나 봅니다. 저희는 그런 게 아닙니다. 다만 그 당시에 있었던 정신적 충격에 대해서 배상하고자…….."

　"배상? 지랄하고 자빠졌네. 무슨 배상을 수십 명이 몰려와서 하겠다는 거야?"

　"직원들의 잘못된 충성심 때문입니다."

　형님이라 불린 남자는 애써 마음을 다잡으면서 말했다.

　"어르신께서는 송만호 님이 그냥 마음 편하게 사셨으면 하고 계십니다. 그래서 저희가 적당한 배상을 하고 싶은 것뿐입니다."

　저자세로 나오는 그를 보면서 송만호는 침을 꿀꺽 삼켰다.

　'진짜다.'

　자신이 강하게 나가면 저들은 도리어 꼬리를 말 거라고 노형진이 그랬다.

　그런데 진짜로 그들은 꼬리를 말고 있었다.

　"씨발, 난 그렇게 못 하지."

　"네? 그게 무슨 말씀이신지?"

　"스물한 사람이나 죽인 개막장 백정 새끼가, 내가 진술했다고 하면 나중에 와서 내 모가지 따 갈 게 뻔한데 내가 왜 입을 다물어?"

　"그건 오해입니다."

　"오해? 웃기고 자빠졌네. 이미 경찰이 다 알더라."

송만호가 강하게 나올수록 상대방은 입술을 깨물었다.

"의견은 저희가 어르신께 잘 전달해 드리겠습니다. 부디 노여움을 푸시고……."

"20억."

"네?"

송만호는 상대방의 말을 자르고 다짜고짜 터무니없는 금액을 요구했다.

"씨발, 이 정도 덮으려면 그 정도는 요구해야 하는 거 아니야?"

"마…… 만호야?"

심지어 만호의 뒤에 있던 사장조차도 질렸다는 표정으로 그를 바라보았다.

"내가 입만 열면 줄줄이 터질 텐데? 기자한테 한번 까발려봐? 응? 스물한 건의 살인 사건인데?"

"……."

"씨발, 나도 모가지 안 따이려면 돈 들고 해외로 가야 할 거 아냐. 다 버리고 가는데 20억은 줘야지."

형님이라고 불린 남자는 눈을 찌푸렸다.

그리고 자신의 뒤에서 다른 사람이 들고 있는 가방을 바라보았다.

'이건 곤란한데.'

자신이 받아 온 돈은 3억이다.

사실 그중에서도 2억은 자신이 꿀꺽하고 나머지 1억으로 슬슬 협상하려고 했다. 그러다가 안 되면 한 5천 정도까지는 더 줄까 했다.

　그런데 20억이라니. 터무니없는 금액이다.

　"그건 좀……."

　"하기 싫으면 말아. 어차피 나도 막장이야. 돈 받고 외국으로 뛰든가, 모가지 안 따이려면 그 새끼를 죽여 버리든가."

　형님이라 불린 사내는 입술을 지그시 깨무는 수밖에 없었다.

　"그 말이 사실인가?"

　"네."

　양지용의 아버지 양만세는 입술을 깨물었다.

　스물한 건의 살인. 그건 전혀 예상하지 못한 일이었다.

　"지용이는 뭐라고 하던가?"

　"절대 아니라고 하더군요, 그런 일은 없었다고."

　"그래서 자네는 어떻게 생각하나?"

　그는 자신에게 보고하는 비서에게 물었다.

　사실 양만세 본인이 바쁘다 보니 아들에 관한 일은 대부분

비서가 처리하도록 했다. 그 와중에 이런 일이 터진 거고.

"그게……."

"말해 보게."

비서는 나지막하게 말했다.

"아예 거짓말일 가능성은 낮다고 생각합니다."

"그래?"

"네. 도련님이 아무래도 여행을 많이 다니시니까……."

철이 없는 건지, 말도 없이 여행을 자주 다니던 아들이었다.

그저 속에 쌓인 게 많아서 그러려니 하고 넘어갔건만.

'으음…….'

여행에서 돌아올 때마다 기분이 좋아 보이기는 했다. 어쩌면 그래서 더 방치했을지도 모른다.

"관련 이야기가 나온 곳이 있나?"

"경찰은 모르는 듯합니다. 하긴 경찰은 그 지역만 담당하니까요. 아마도 검찰 내부에서 나온 모양입니다."

"그래? 검찰 내부라고?"

"네, 원장님."

"혹시 아는 사람 있나?"

"네?"

"그 내부에 말일세, 좀 알아볼 만한 사람이 있느냔 말일세."

"조금 무리한다면……."

"알아봐 주게."

"네, 원장님."

비서가 나가자 양만세는 소파에 깊숙이 기대앉았다.

"지용이를 어떻게 해야 하나."

그는 그렇게 중얼거리면서 눈을 질끈 감았다.

⚖

"이걸 섞어 두라고요?"

황인수는 노형진이 건네준 서류를 받으면서 고개를 갸웃
했다.

"이건……?"

"미결 사건들 중에서 의심스러운 걸 뽑은 겁니다. 양지용
이 했을 거라고 의심되는 사건이지요."

"네?"

그는 서둘러서 그걸 열어서 살폈다.

하지만 관련 증거는 없었다. 그저 사건의 기록일 뿐이었
다.

"이걸 가지고 양지용의 사건이라고 말할 수는 없을 것 같
은데요. 그냥 미결 사건들일 뿐인데?"

"압니다. 그래서 섞어 두라고 한 겁니다."

"그게 무슨 말씀이십니까? 전혀 관련이 없는 사건들인데요."

노형진은 주변을 살짝 돌아보고는 몸을 숙인 후에 목소리를 낮추어 황인수에게 말했다.

"아마도 양지용 측에서는 이런 게 있는지 확인해 보려고 할 테니까요."

"네?"

노형진은 벌여 둔 일에 대해 살짝 말했다.

"사실은 제가 함정을 좀 파 뒀습니다."

양지용의 연쇄살인 가능성, 송만호가 요구한 20억 그리고 그걸 요구받았을 때의 그들의 행동.

"아."

"만일 이쪽에서 이걸 가지고 있다고 하면 송만호에게 들은 사항을 확신하게 될 겁니다."

"그러면?"

"송만호의 제안을 받아들일 수밖에 없지요."

유일한 증인이나 마찬가지인 송만호.

그가 양지용에 대해서 증언을 하는 순간 이 연쇄살인 사건은 조사가 들어갈 수밖에 없다.

그러나 그렇다고 그들이 송만호를 죽일 수는 없다. 녹취된 증언이 있다고 생각하고 있으니까.

"그러니 진짜 추적 중인지 확인해 보려고 할 테지요."

"그건……."

방법은 하나뿐이다. 바로 검사의 사무실에 있는 관련 서류를 확인하는 것.

그런데 이건 법적으로 열람할 수 있는 성질의 서류가 아니다. 방법은 하나뿐.

"누가 이걸 가져갈 거라 생각하시는 겁니까?"

"정보가 새지 않는다고 확신하십니까?"

황인수는 입술을 깨물었다.

실제로 지금까지 그가 공략하려던 모든 방법이 막히고 있는 상황이다.

물론 상대방은 법무 법인 태양이다. 그러니 유능해서 그럴 수도 있다.

하지만…….

'누군가 내부에 있을 수도 있지.'

믿을 수는 없지만 그게 현실이다.

수천만 원씩 쥐여 주는 대가로 서류 몇 개 복사해서 가져다주는 건 어려운 일이 아닐 것이다.

"물론 그들이 진짜로 양지용을 믿고 있을 수도 있습니다. 양지용이 연쇄살인범이 아닐 수도 있겠지요. 그렇다면 그들은 여기에 신경 쓰지 않을 겁니다. 어차피 손해 볼 건 없지 않습니까?"

그건 맞는 말이다. 어차피 자신이 손해 볼 건 없다.

자신은 이 서류를 캐비닛에 보관하는 것뿐이니 절대 불법적인 일이 아니다.

"알겠습니다. 하지만……."

그는 눈에서 불을 뿜었다.

"여기에 카메라를 설치해야겠습니다. 전 제 사무실에 쥐새끼가 있는 걸 좋아하지 않습니다."

"그래야지요."

노형진은 그런 그에게 고개를 끄덕거려 주었다.

⚖️

늦은 밤, 아무도 없는 검사의 사무실 문이 조용히 열렸다.

그리고 누군가가 스윽 고개를 내밀었다.

"역시나 없군."

그는 잽싸게 안으로 들어와서 창문에 있는 블라인드를 내렸다.

고층이라고 하지만, 그래도 혹시나 빛이라도 새어 나갈까 봐 그런 것이다.

블라인드가 내려지자 오로지 달빛만으로 가득했던 방 안에 어둠이 내려앉았다.

그러자 그는 품에서 작은 플래시를 꺼내서 입에 물고 능숙하게 캐비닛을 열었다.

"어디 보자, 양지용…… 양지용……."

그는 한참 서류철을 뒤지다가 뭔가를 꺼내 들었다.

"찾았다."

그는 능숙하게 그걸 펼치고 자신의 핸드폰에 딸려 있는 카메라로 동영상 모드로 찍기 시작했다.

사진으로 찍는 게 확실하겠지만 그때마다 플래시가 터질 테니 그냥 라이트를 켜고 동영상으로 찍는 게 안전하기 때문이다.

"오케이."

동영상을 다 찍은 그는 능숙하게 서류를 정리해서 다시 제자리에 넣었다.

그리고 블라인드를 아까처럼 다시 올리고 그 공간을 나갔다.

겉으로는 바뀐 것이 전혀 없는 공간.

그러나 그는 몰랐다. 한구석에서 한 대의 카메라가 조용히 자신을 바라보고 있음을.

⚖️

"너…… 이거 어떻게 된 거냐?"

접견실. 그곳은 면회실과 다르게 칸막이도 없는 공간이다.

그곳에 양지용의 아버지 양만세와 손채림의 아버지이자

이번 사건의 변호사인 손하균이 있었다.

건너편에 있는 양지용에게 양만세가 서류를 집어 던졌다.

"이건……?"

"너의 일정과 비교해 봤다. 그런데 사건이 벌어진 시기와 정확하게 일치하더구나. 어떻게 된 건지 말해 보아라."

양만세의 손은 부들부들 떨리고 있었다.

우연이라고 생각하고 싶었다. 하지만 우연치고는 너무 이상했다.

스물한 건의 사건과 아들의 여행 기록이 정확하게 일치했다.

"아…… 아빠, 이건 우연이야. 그곳에 우연히 간 거라고."

"우연? 한두 개도 아니고 스물한 개가 우연? 지금 이 아비가 바보라고 생각하는 거냐?"

한두 개라면 우연이라고 할 수 있다. 하지만 무려 스물한 개다.

세상에 그런 말도 안 되는 우연이 있을 수 있단 말인가?

"심각한 상황입니다. 사건의 성립은 비교에서 시작됩니다."

손하균 역시 이번 일을 심각하게 생각하고 있었다.

"비교라니, 무슨 말이야?"

양지용이 자신에게 반말을 했지만 손하균은 그다지 신경 쓰지 않았다.

중요한 건 지금 이 일을 처리하는 것이다.

"이게 사실이라면 지금까지 잡히지 않은 것은 비교 대상이 되지 않았기 때문입니다. 하지만 비교할 대상이 특정되면 그때부터는 사건이 순식간에 진행됩니다."

"비교라니, 난 그런 거 당할 일 안 했다니까."

"확신하십니까? 머리카락 하나, 침 한 방울, 땀 한 방울 안 흘렸습니까? 아니면 뭐에 스치지도 않았습니까?"

"그럴 리 없다니까! 내가 얼마나 완벽하게……!"

말을 하던 양지용은 아차 싶은지 입을 손으로 가렸다.

하지만 양만세는 이미 그 말을 들은 뒤였다.

양만세는 머리를 부여잡았다.

"이럴 수가……."

그는 절망했다.

아들이 이런 미친놈이라는 것은 알고 있었다. 하지만 여행을 다녀오면 그래도 좀 멀쩡해지기에 여행으로 기분을 푸는 줄 알았다.

그런데 살인을 저지르고 다닌 것이었다니. 그것도 연쇄살인이라니.

"으음……."

절망하는 양만세야 어떻든 간에, 손하균은 노형진의 말이 계속 마음에 걸렸다.

이것이 법이다

－당신 의뢰인의 사형 정도면 충분할 것 같은데. 안 그래?

그리고 이 사실이 발각되면 아무리 자신이 노력해도 이건 사형을 피할 수가 없다.

'어떻게 알아낸 거지?'

사실 손하균도 양지용이 연쇄살인범일 가능성은 생각했다.

그러나 자신과는 아무런 관련이 없었다. 설사 있다고 해도 그걸 추적하는 건 불가능하다고 생각했다.

그런데 노형진은 추적했다.

'검찰이 직접? 아니야, 그럴 가능성은 낮아.'

경찰은 그 무능함 때문에 꿈도 꾸지 못할 일일 것이다.

자기 관할만 파고드는 작자들이니까.

검찰?

검찰은 절대 발로 뛰지 않는다. 그저 아래에서 올라오는 것만 처리할 뿐이다.

결국 이걸 알아낼 수 있는 것은 노형진뿐이다.

'빈말이 아니었다는 건데.'

어떻게 알았는지는 모르겠지만 이게 검찰에서 터지게 하면 절대로 안 된다.

이건 의뢰인의 문제이기도 하지만 자신들의 자존심 문제이기도 하다.

그는 잠깐 눈을 찌푸렸다가 입을 열었다.

"이 상황에서 가장 중요한 것은 시작도 못 하게 하는 겁니다."

"시작도 못 하게 하는 거라니?"

"송만호 말입니다. 그놈이 스모킹 건입니다."

그가 입을 열면 한 건이 아니라 다른 건에 대해서도 줄줄이 수사가 시작될 가능성이 높다.

"보아하니 아직 특정되지 않았습니다. 따라서 지금은 우리가 압력을 넣어서 무마시킬 수 있습니다만, 터지기 시작하면 불가능해집니다."

스모킹 건이란 연기가 나오는 총구라는 뜻으로. 쉽게 말해서 어떤 일이 시작되는 단서가 되는 증거를 뜻한다.

서류에 적혀 있는 내용을 보면 그건 그냥 의심 수준일 뿐이니 이 정도는 자신들이 어떻게 해서든 무마할 수 있다.

그러나 송만호가 입을 열면 수사가 진행이 안 될 수가 없다. 그러면 다른 사건 역시 발각될 가능성이 높다.

"그러면 어떻게 해야 하나? 당장이라도 죽여?"

"노형진이 그걸 그냥 두고 볼 리 없는데요."

아무래도 그 뒤에 있는 노형진이 영 꺼림칙한 손하균이었다.

이 사건을 비교해서 찾아낸 것이 노형진이라면 증거 역시 가지고 있을 것이다.

'뇌물로 포섭하는 게 가장 편하기는 한데……'

손하균은 갑자기 입을 꾸욱 다물었다.

"아무래도 생각을 좀 해 보아야겠습니다."

"난 자네만 믿고 있는 거 알지?"

"걱정 마십시오, 원장님. 이 사건은 저희가 알아서 할 테 니까요."

안심시키려고 하는 듯 미소 짓는 손하균.

하지만 양만세는 그런 그의 미소가 왠지 더 두렵게만 느껴 졌다.

⚖️

"뭐라고요?"

얼마 뒤, 노형진의 귀에는 전혀 예상하지 못한 이야기가 들려왔다.

"손하균하고 태양이 이번 사건에서 손을 뗐다고?"

"네."

고문학의 말에, 함께 있던 손채림은 당황해서 눈빛이 흔들 렸다.

갑자기 왜 손을 뗀단 말인가?

"내부에서 나온 이야기입니다. 정식으로 변론 철회서를 제출했다고 합니다."

"그러면 그 돈을 다 돌려줘야 하는데?"

무려 12억이나 받았다. 하지만 변론을 포기하게 되면 당연히 그 돈을 돌려줘야 한다.

그런데 그걸 알면서도 포기한다?

"아니, 아빠가 그랬다고? 다른 사람도 아닌 우리 아빠가?"

손채림은 당혹감을 감출 수가 없었다.

그녀가 아는 손하균은 그런 인간이 아니었기 때문이다.

물론 그가 신의가 있다거나 하는 인간은 아니다.

하지만 무려 12억. 승소 비용까지 합한다면 수십억짜리 사건을 그냥 포기할 리 없다.

"으음."

노형진은 심각한 표정으로 턱을 괴고는 침묵을 지켰다.

이건 전혀 예상하지 못했던 상황이다.

양지용을 죽게 하겠다고 그에게 이야기하긴 했지만, 노형진의 계획에 손하균과 태양이 도망치는 건 없었다.

"어째서……?"

"글쎄요. 저도 잘…….."

내부에서 나온 정보였기 때문에 고문학도 이유는 확실하게 알지 못했다.

"가능성은 한 가지뿐인데…….."

아무리 생각해도 그들이 갑자기 변론을 철회할 이유는 하나뿐이었다.

"그 이유가 뭔데?"

"양지용이 연쇄살인범인 걸 알고 있었다는 것."

두 사람 사이에 차가운 침묵이 내려앉았다.

하지만 노형진이 생각하기에는 그것 말고는 송하균이 변론을 철회할 이유가 없었다.

"알고 있었다고?"

"그래. 어찌 되었건 너희 아빠는 실력이 출중한 변호사야. 객관적으로 보면 사회적으로 나보다 더 높은 위치에 있는 사람이고, 경험도 나보다 많지."

"그런데?"

"그보다 못한 나도 양지용이 연쇄살인범인 걸 예상하는 건 어려운 일이 아니었어. 과연 몰랐을까?"

손채림은 소름이 돋았다.

노형진의 말이 맞다.

그녀가 알기로 그녀의 아빠는 그렇게 만만한 사람이 아니다.

상대방이 속인다고 속아 넘어간다? 그건 그에 대해서 몰라서 하는 말이다.

노형진과 손하균의 공통점을 꼽으라면 아마 '의뢰인을 믿지 않는다.'라는 점이 꼭 들어갈 것이다.

"알면서도 변론을 했다고?"

"그래. 좋게 말하면 누구든 변론받을 자격이 있으니까."

'나쁘게 말하면 돈이지만⋯⋯.'

노형진은 눈썹을 찌푸리면서 생각했다.

아마도 전자보다는 후자일 것이다. 그렇지 않다면 변론을 철회할 이유가 없으니까.

"그런데 왜 이제 와서 변론을 안 하겠다는 거야?"

"아마도 내가 판 함정 때문이겠지."

이번 함정에서 그들이 선택할 수 있는 카드는 두 가지뿐이다.

하나는 송만호를 죽이거나 공격해서 입을 다물게 하는 것.

그러나 노형진과 경찰이 이미 진술받았다고 생각하도록 해 놨기 때문에 그들은 그걸 선택할 수가 없다.

그가 공격을 받는다는 것 자체가 증거나 마찬가지다.

그렇다면 협상을 한다?

"하지만 손하균이 그렇게 멍청한 놈은 아니지."

그는 그 뒤에 자신이 있다는 사실을 알고 있다. 어쩌면 협상 자체가 함정이라는 것을 예상하고 있을 가능성이 크다.

아니, 그렇게 생각할 것이다.

그렇지 않다면 그가 변론을 그만둘 이유가 없다.

"그 말은?"

"어떤 카드를 선택해도 질 수밖에 없는 상황이라는 거야."

결국 질 수밖에 없는 싸움.

물론 변호사들이 재판을 하면서 지고 이기는 것은 흔하게 있는 일이다.

그러나 의뢰인이 사회적으로 문제가 되는 경우는 변호사에게도 여러모로 골치 아프다.

"가끔 그래서 재판을 포기하는 변호사도 있어."

의뢰인이 권력자라면 충분히 사람들의 비난을 감안하면서 할 만하다.

어차피 시간이 지나면 사람들은 잊을 테고, 권력자와 선을 만들 수 있는 기회도 얻을 수 있으니까.

"하지만 이런 경우라면 애매하거든."

사회적으로 매장당할 수밖에 없는 싸움.

그러나 그 후에는 아무것도 남지 않는다.

돈?

바닥을 치게 될 태양의 평판을 생각하면 얼마 안 되는 돈이다.

국민들은 정치적 사건에 대해서는 그럴 수도 있다고 생각한다. 워낙 개판이니까.

하지만 연쇄살인같이 자신들에게 밀접한 사건은 절대로 용서하지 않는 성향이 강하다.

정치야 포기할 정도로 개판이라지만 연쇄살인은 자신이나 자신의 가족이 죽을 수도 있는 문제이기 때문이다.

"고작 몇십억 때문에 태양의 이름이 시궁창에 처박히게 내버려 둘 수는 없겠지. 더군다나 이 사실이 드러나면 이길 수도 없으니 말이야."

재판엣서 지면 승소 비용은 받지 못한다.

결국 받게 되는 돈은 12억뿐인데, 그건 태양의 이름에 비하면 터무니없이 적은 돈이다.

"그래서 의뢰인을 버리고 도망간 거야?"

"그럴 거야."

그것 말고는 이유가 없다.

게다가 연쇄살인범이라는 사실을 알고 변론을 거부했다는 쪽으로 발표될 테니 태양은 양심적인 회사로 소문이 날 것이다.

그게 12억보다 훨씬 가치 있는 일이다.

"멍청이는 아니네."

노형진은 눈을 찌푸렸다.

그의 눈앞에서 의뢰인에게 사형이 선고되는 모습을 보여 주고 싶었는데, 이렇게 도망가 버릴 줄이야.

"그러면 어떻게 하지?"

"바뀐 건 없어."

노형진은 고개를 흔들면서 말했다.

"어차피 너희 아버지 문제는 이 사건에서 핵심도 아니었어. 중요한 건 우리의 동료가 죽었다는 거지. 그리고 난 수린 씨의 무덤에 양지용의 모가지가 날아갔다는 판결문을 올릴 거야."

노형진은 눈을 빛내면서 차갑게 말했다.

양만세는 손하균이 한 알아서 한다는 말의 뜻을 알고는 휘청거리고 있었다.

자신과 이야기도 없이 변론을 철회한 것이다.

사실 사회적으로도 그런 경우는 많다.

돈도 중요하지만 평판도 중요한 게 이 바닥이다. 그리고 연쇄살인범을 변론해 주는 곳에 의뢰를 맡기려고 하는 사람은 없다.

"김 비서! 김 비서! 이거 다른 변호사는? 없어? 어?"

"그게…….''

김 비서는 당혹감으로 식은땀이 뻘뻘 나고 있었다.

태양이 물러나기 무섭게 다급하게 다른 변호사를 선임하려고 했지만 어느 누구도 할 생각이 없어 보였다.

"당장 어디서든 구해 봐야 할 거 아냐!"

"원장님, 이미 소문이 파다하게 난 것 같습니다."

어디서 샌 건지 모르지만 이미 연쇄살인범이라는 소문이 나면서, 누구도 변론을 하려 하지 않았다.

"아무래도 국선을 붙이는 게…….''

"국선? 국선? 지금 장난하는 거야? 우리 애한테 고작 국선을 붙이자는 거야!"

"하지만 사람이……."

물론 진짜 이름도 없는 무명 변호사를 쓰면 그들은 돈 때문에 어쩔 수 없이 하기는 할 것이다.

하지만 그들을 쓰면 양지용을 정신이상으로 빼내지 못하게 된다. 그를 정신이상으로 빼내기 위해서 로비한 것은 다름 아닌 태양이었기 때문이다.

그런데 그들이 빠졌으니 그동안 그들에게 관리되던 판사와 검사가 어떤 태도를 보일지는 뻔한 일.

"방법은 하나뿐입니다. 어떻게 해서든 그들을 다시 데리고 와야 합니다."

"어떻게?"

"송만호를 설득하는 수밖에 없습니다."

"송만호를?"

"네. 그 녀석이 입만 다물면 다시 맡길 수 있을 겁니다."

양만세는 입술을 깨물었다.

그리고 보면 그 녀석이 등장하면서 일이 틀어지기 시작했다. 그 녀석이 스모킹 건이라고 손하균도 말했다.

"당장 그 녀석을 죽여 버려!"

"원장님! 그렇게 단순하게 생각하실 일이 아닙니다!"

검찰과 경찰의 시선이 모조리 송만호에게 쏠려 있는데 그에게 무슨 일이 터지면 모든 일은 자신들이 뒤집어쓰게 된다.

"돈을 주고 포섭하는 게 최선입니다."

"내가 그딴 놈에게 무릎이라도 꿇어야 한다는 거야, 뭐야!"

"방법이 없습니다."

김 비서는 양만세를 설득하기 시작했다.

애초에 그것 말고는 도무지 길이 보이지 않았다.

"일단 만나서 돈을 주고 입을 다물게 하면 다른 사건을 충분히 묻을 수 있습니다."

"크윽."

"20억을 아깝다고 생각하시면 안 됩니다. 만일 다른 사건까지 뒤집어쓰면 어떻게 되겠습니까! 그 배상도 생각하셔야지요!"

양만세는 정신이 번쩍 들었다.

피해자만 스무 명이 넘는다.

살인 사건에 대한 손해배상을 청구하게 되면 한 명당 못해도 5억은 나갈 것이다.

아니, 자신이 방치한 게 있으니 10억이 나올 수도 있다.

피해자가 스물한 명이라고 했으니 그 배상금을 다 합하면 전 재산을 훌쩍 뛰어넘는 어마어마한 배상금이 나올 수도 있다.

그런데 그의 재산의 대부분은 결국 병원이다.

연쇄살인마의 병원에 누가 오려고 하겠는가?

"젠장!"

양만세는 입술을 깨물면서 나지막하게 신음을 삼켰다.

그러나 아들이 저지른 일인 만큼 어떻게 벗어날 수 있는 방법이 없었다.

"20억이라고······?"

"네."

"알았네. 내가 최대한 빨리 준비해 보도록 하지."

"서두르셔야 합니다. 만일 타이밍을 놓치면 검찰이 꼬리를 물고 늘어질 겁니다."

"알았다고!"

그는 눈을 찌푸릴 수밖에 없었다.

⚖️

송만호는 조용한 공원에서 기다리고 있었다. 그리고 공원으로 다가오는 차량을 보고 자신의 배달용 오토바이에 시동을 걸었다.

철컥.

문이 열리고 몇몇 남자가 나왔다.

그중 일부는 아는 사람들이었다. 중국집에 와서 깽판을 쳤던 자들.

그들을 보고 송만호는 침을 꿀꺽 삼켰다.

하지만 이제 와서 도망갈 수는 없는 노릇이다.

"돈은?"

"여기 있다."

남자들은 커다란 사과 상자 두 개를 꺼내 왔다.

"현금으로 20억."

그걸 보고 송만호의 눈이 격하게 떨렸다.

자신이 평생 쥐어 볼 수 없는 돈이었던 것이다.

"문제가 없는 돈이겠지?"

"그래."

그렇게 말하면서 남자는 속으로 피식 웃었다.

'위쪽은 그렇지.'

아무리 양만세라고 해도 현금으로 20억을 준비하는 것은 어려운 일이다.

더군다나 그렇게 재산이 확 줄어들면 누군가 의심할 수밖에 없다.

'시간이 지나면 결국은 잊힐 일.'

위쪽의 5억 정도는 진짜 돈이 맞다. 하지만 아래쪽의 15억은 정교하게 만든 위조지폐다.

저 녀석이 돈을 확인하고 증언을 철회하고 나면 어차피 조용히 정리할 계획이니, 돈을 다 줄 필요는 없었다.

"확인해 보겠나?"

꿀꺽.

송만호는 침을 꿀꺽 삼키면서 상자를 열었다.

그리고 거기에 가득한 5만 원권을 보고 황홀한 표정을 지었다.

20억이라니, 살면서 꿈도 꿔 보지 못한 엄청난 돈이다.

"이제 경찰서에 가서 진술을 철회해야지."

"알았어. 솔직하게 말하자면, 난 그 사람 얼굴 못 봤어."

송만호가 그렇게 말하자 남자는 씩 웃었다.

"좋아. 그래야지, 후후후."

"아니."

송만호가 갑자기 박스에서 손을 떼며 뒤로 물러났다.

"응?"

그걸 보고 남자는 어리둥절해졌다.

오토바이에 시동을 걸어 두기에 뒤에 있는 짐칸에 돈을 실어서 가지고 갈 줄 알았는데, 박스에서 손을 떼다니?

"진짜로 양지용의 얼굴은 본 적도 없다고. 그게 누군지도 모르고. 하늘에 맹세코."

일이 이쯤 되자 남자는 혼란스러웠다.

저 말이 돈을 받고 하는 말인지 아니면 진짜로 못 봤다는 뜻인지, 알 수가 없었던 것이다.

"하지만 이걸 주는 걸 보니 스물한 건의 살인을 한 게 맞는 모양이네. 난 그래서 못 받을 것 같네."

"뭐라고?"

일이 틀어졌다고 생각한 그는 눈을 찌푸렸고, 함께 온 남자들은 품에서 회칼을 꺼내 들었다.

분위기가 이상했기 때문이다.

"그거 받으면 저승 가기 무서워서 어디 받겠어?"

그때 뒤쪽에서 들리는 말에 그들은 움찔하며 시선을 돌렸다.

한 무리의 사람들이 서 있었다.

"네놈은……."

남자는 입술을 깨물었다.

그 무리 중 한 명을 알고 있었기 때문이다.

"여어, 두칠이! 여기서 보네?"

황인수는 남자를 보면서 피식하고 웃었다.

"아는 분입니까?"

노형진은 황인수에게 물었다.

황인수는 두칠을 바라보면서 피식거렸다.

"아는 사람이지요. 제법 큰 흥신소를 하고 있는 놈이거든요. 그리고 듣기로는 양만세 아래에서 일한다고 하더라구요."

황인수가 천천히 그에게 다가가자 두칠은 움찔하면서 뒤로 물러났다. 그리고 손에 회칼을 든 남자들 역시 움찔했다.

아무것도 손에 들지 않은 그가 무서워서가 아니었다.

"그거 놓고 조용히 끌려갈래, 아니면 여기서 한번 싸워 볼래?"

검사가 바보도 아니고, 변호사와 단둘이서 여기에 올 리 없기 때문이다.

아니나 다를까, 그의 뒤쪽 어둠 속에서 경찰들이 천천히 걸어 나왔다.

그들은 총 대신에 경찰봉을 꽉 쥐고 있었는데, 그 수만 무려 스무 명이었다.

"도망치려고 해 봐. 어떻게 되나."

황인수의 말에 두칠은 입술을 깨물었다. 그러면서 자신의 전화기를 바라보았다.

그가 왜 그러는지 알고 있는 황인수는 피식 웃었다.

"왜? 최 검사에게서 연락이 안 온 게 이상해?"

"헛?"

자신의 생각을 정확하게 알아차리자 두칠의 눈동자가 격하게 떨리기 시작했다.

"최 검사 그 새끼가 썩은 줄은 알고 있었지만 동료 검사의 사무실까지 털 거라고는 나도 생각 못 했다."

"그게 무슨……?"

"딱 걸렸거든."

자신의 사무실에 설치한 카메라.

그 카메라에는 자신의 선배였던 최 검사의 모습이 그대로 찍혀 있었다.

청탁을 받고 압력을 행사하거나 뇌물을 받고 죄를 덜어 주는 건 흔하게 있는 일이라 검사들 사이에서도 암묵적으로 넘어간다고 치더라도, 다른 검사가 담당하고 있는 사건 관련 서류를 밤에 몰래 들어가 훔쳐서 가해자에게 넘겨준다?

아무리 검사가 썩었다 해도 그냥 넘어갈 수 있는 사건이 아니었다.

"아마 그 새끼 집에서 지금쯤 수갑 차고 나오고 있을걸."

최 검사는 황 검사의 선배이기는 하지만 높은 직급은 아니다.

직급이 높을수록 뇌물은 많아진다. 그런데 그때까지 최 검사는 자신의 욕심을 줄이지 못했던 것이다.

"그러니 너한테 미리 경고도 못 해 줬겠지."

두칠은 주변을 둘러보았다.

도망갈까 하는 생각이 들었지만 이내 포기했다. 도망간다고 한들 과연 어디로 갈 수 있을지 앞이 캄캄했기 때문이다.

"포기하자."

"형님."

"여기서 반항해 봐야 형량만 더 늘어난다."

뒤에 있던 남자들은 들고 있던 사시미를 바닥에 떨구었고, 그런 그들에게 경찰이 다가와서 수갑을 채웠다.

까드득.

수갑이 조여지는 소리에 두칠은 입술을 깨물었다.

"자, 세상하고 빠이빠이 하라고. 이번에 들어가면 상당히 오래 있을 테니까."

수갑을 채운 황인수 검사는 그를 경찰에게 인계하고 돈을 살피고 있던 노형진에게 다가갔다.

"휘유, 20억이라. 진짜 다급했나 보네요."

"20억은 아니죠."

"네?"

"이 아래 건 위폐 같은데요?"

"허? 그걸 어떻게 아십니까?"

"그냥 느낌이 좀 달라서요."

노형진은 그냥 피식 웃었다.

사실 그가 위폐임을 안 것은 기억을 읽어서였지만, 그걸 말해 줄 필요는 없으니까.

"위폐라구요?"

아까 잠깐 욕심이 났던 송만호는 어이가 없다는 듯 물었다.

"이런 놈들 생각이야 뻔하지요."

노형진은 피식 웃으면서 박스에서 물러났다.

이제 이건 자신이 아니라 경찰과 검찰이 알아서 해야 할 물건이다.

"과연 양지용이 무슨 소리를 할지, 참으로 궁금해지네요."

이것이 법이다

양지용은 자신은 모르는 일이라면서 딱 잡아뗐다.

하지만 흐름이 아예 없는 것과 미약하게나마 시작된 것은 전혀 달랐다.

시작이 반이라는 말처럼 그의 여행 기록과 미결 사건을 비교하기 시작하니 노형진이 발견한 건수 말고도 무려 다섯 건이 더 발견되었다.

그리고 그는 완벽하게 처리했다고 생각했지만 작은 유전자 하나 그리고 CCTV 하나까지 다 피하는 건 무리였고, 비교 대상이 없던 상황에서는 아무런 쓸모가 없던 증거들도 비교 대상이 나오면서 그 효력을 발휘하기 시작했다.

얼마 뒤 양지용은 국민들의 지탄을 받으면서 결국 사형을 선고받았다.

마지막 재판 날, 수많은 기자들이 모여 있는 가운데 판사는 차가운 목소리로 나지막하게 말했다.

"피고인 양지용에게 사형을 선고합니다."

국선변호인은 별 표정의 변화가 없었다.

애초에 누구도 하지 않으려고 해서 어쩔 수 없이 맡았던 사건인 데다, 자신이 판사라고 해도 주저하지 않고 사형을 언도하고 싶었으니까.

당연히 제대로 된 변론이 이루어졌을 리 없었다.

"난 아니야! 억울해! 난 억울해! 난 아무도 죽이지 않았어! 야, 너! 말을 해야 할 거 아냐! 변호사가 변론도 안 해서 그런 거야! 아빠! 아빠!"

절규를 하면서 끌려가는 양지용.

그러나 양지용의 아버지인 양만세는 이미 구치소에 있어서 여기에 올 수가 없었다.

가족의 범죄를 은폐하려 든 것은 처벌의 대상이 아니지만, 합의를 목적으로 수십억의 위조지폐를 만든 것이 문제가 된 것이다.

⚖️

"개판이군요."

"그러니까요."

노형진은 바깥으로 나와서 담배를 문 무태식을 보면서 말했다.

그는 착잡한 얼굴로 하늘을 바라보고 있었다.

"양만세 사건은 어떻게 되어 간답니까?"

"서로 떠넘기기 바쁘죠."

양만세는 현금을 줬는데 두칠이 바꿔치기를 했다고 하는 반면, 두칠은 애초에 양만세가 준 거라고 주장하고 있었다.

"어느 쪽이 진짜일까요?"

"아마 둘 다 거짓말을 하고 있지 싶은데요."

노형진은 피식 웃으며 말했다.

사실 진상은 알고 있었다. 이미 기억을 읽었으니까.

양만세는 20억 중 10억을 위조지폐로 채웠다. 그리고 두칠은 그중 다시 5억을 위폐로 바꿨다.

애초에 위조지폐를 준비한 게 두칠이었다.

10억은 현금으로, 나머지 10억은 위폐로 준비한 두칠은 슬쩍 위폐를 더 준비했다가 현금인 10억 중 5억을 다시 위폐로 바꿔친 것이다.

'그거야 검찰이 알아서 하겠지.'

이제 그들에게 남은 것은 파멸뿐. 더 이상 노형진이 신경쓸 일은 없었다.

게다가 자신들이 해야 하는 일이 아직 남아 있었다.

"여기, 이제야 판결문이 나왔어."

뒤늦게 나온 손채림의 손에는 판결문이 들려 있었다.

원래대로라면 유출해서는 안 되는 것이지만 이번만큼은 황인수에게 부탁해서 얻은 것이었다.

"이걸로 과연 기분이 나아질까?"

손채림은 그걸 보면서 씁쓸하게 말했다.

이 판결문은 한수린의 가족들을 위한 것이었다.

워낙 언론이 많이 몰려오는 바람에 정작 피해자들이 참석하지 못한 것이다.

"전혁."

노형진은 약간 표정을 찡그리면서 말했다.

"우리가 어떤 걸 가지고 간다고 해도 기분이 나아지지는 않을 거야."

"그러면?"

"그냥…… 핑계지. 우리는 최선을 다했다는, 그리고 우리의 동료를 잊지 않는다는."

씁쓸하지만 그게 현실이고, 자신들이 해 줄 수 있는 최소한의 성의였다.

"복수는 씁쓸하지만 살아남은 자가 해 줄 수 있는 마지막 선물이니까."

노형진의 말에 두 사람은 그저 침묵을 지킬 뿐이었다.

생각지도 못한 바지 사장

　사람에게는 저마다 운명이라는 것이 있다고 노형진은 믿었
다. 그렇지 않다면 자신의 회귀를 설명할 방법이 없으니까.

　그 운명이라는 것은 요상해서, 누군가 그걸 잠깐 떠난다고
해도 결국은 그곳으로 돌아오게 만드는 힘이 있었다.

　그중 한 명이 바로 유소미였다.

　"요즘 잘나가네?"

　"재능이 있으니까."

　한때 새론의 정보 팀 직원으로 마스코트 같았던 유소미는
연일 방송에 나오고 있었다.

　아직 주연급은 아니지만 그래도 조연급으로는 상당한 지
명도를 가지고 있었다.

"조만간 주연급 자리 하나 차지하지 않으려나?"

"그렇겠지?"

유소미는 연기력이 뛰어나고 예능에 적합한 재능을 가지고 있지만 몸치에 음치라 지원한 소속사마다 떨어지고 새론에 들어왔다.

그런데 우연하게도 그녀를 찼던 기획사 사건을 맡게 되면서 그녀의 재능을 늦게나마 알아본 사장이 읍소하다시피 해서 데리고 간 것이다.

"성공하면 우리 광고 모델 한번 안 해 주려나?"

"채림아."

"응?"

"넌 과로사하고 싶다는 말을 참 요상하게 표현하는구나."

손채림은 아차 하는 얼굴이 되었다.

안 그래도 일이 너무 많아 과로사할 판국인데 광고를 생각하다니.

"아, 맞다……. 몸이 열 개라도 부족할 판국이니."

"너 주주총회 오라고 그랬다면서?"

"맞아. 하아, 조금이라면서? 도대체 언제부터 주식의 15%가 조금이 된 거야?"

"그 정도면 조금이지."

의뢰인이었던 조말영이 죽으면서 자신을 도와줬던 손채림에게 세건유통이라는 곳에 대한 주식을 일부 남겼다.

그런데 세건유통은 생각보다는 큰 회사였다.

15% 정도면 시가로는 무려 30억대의 자산이 될 만큼.

'뭐, 나중에야 알았지만.'

조말영의 도움을 받아 세건유통을 세운 창립자는 이후 조말영에게 15%의 주식을 증여했다.

일종의 투자를 받은 보답인 셈이었다.

하지만 주식에 아는 바가 없었던 조말영에 의해 변호사에게 맡겨졌다가 그대로 빼돌려질 뻔한 것을 노형진 덕에 돌려받은 것이다.

"그렇게 큰 곳인 줄 알았나."

"알았으면 안 받았을 것 같아?"

"그럴 리가."

피식 웃는 손채림.

"그래도 능력 있는 사장이 구입한 모양이네."

"그러니까."

사실 세건유통을 지금 운영하는 사람은 창립자가 아니었다. 그 후에 주인이 바뀐 것이다.

그러나 주인이 바뀐다고 해서 주식이 날아가는 것은 아니니까.

"그런데 주주총회에 가면 뭐 하는 거야?"

"뭐, 뻔하지. 실적을 보고하거나, 이런저런 회사의 내부 이야기 같은 걸 하는 거지."

"재미없겠지?"

"재미야 없지. 하지만 잘 봐야 해."

"응?"

"그 새끼들이 장난치는 경우가 많거든."

법적으로 몇몇 운영 사항은 주주의 동의를 얻어야 한다.

그런데 가끔 회장들이나 사장들은 주주의 힘을 빼려고 한다. 그래야 자신이 마음대로 쥐락펴락할 수 있기 때문이다.

문제는 그러기 위해서는 주주총회를 통해서 감사를 하든가 아니면 내부 규칙을 바꿔야 한다는 것.

"그런데 주주들이 동의해 줘?"

"가끔은."

"응?"

"우호 지분이라는 말이 괜히 생긴 게 아니야."

"그런가?"

"그래."

노형진은 보던 서류를 내려놓으면서 말했다.

"이번에 주주총회 주제도 보니까 좀 예민하더라. 아마 대판 싸우게 될 거야."

"어째서?"

"주식의 증자에 관한 이야기잖아."

"그게 문제가 돼?"

"되지."

주식을 증자한다는 것은 그 주식을 팔아서 외부에서 돈을 가지고 온다는 뜻이다.

그런데 단순히 투자를 받는다는 것이 아닌 권리의 문제이다.

"가령 우리가 선거하는 건 1인 1투표잖아?"

"그렇지."

무조건 한 사람당 한 번의 권리. 그게 투표다.

그런데 주식은 조금 다르다. 주식의 지분이 바로 투표권이다.

가령 열 개의 주식이 있다면 열 번의 투표를 할 수 있는 셈.

"그런데 증자를 하게 되면 그 투표권에 대한 가치의 변동이 오거든."

과거에 1천 개의 투표권의 가치가 10%였다면, 증자할 경우 5%로 떨어질 수도 있다. 그러니 주주의 입장에서는 무조건 찬성할 수는 없다.

"음, 그러면 반대하는 게 보통 아니야?"

"그런데 또 반대하기가 애매해. 증자한다는 것은 둘 중 하나를 뜻하거든."

기업이 급속도로 성장하거나, 돈이 다급하게 필요할 정도로 위험하거나.

"이런 경우 만일 증자가 무산되면 여러모로 골치 아파지지."

기업이 성장해야 하는데 돈이 부족해서 막혀 버리면 주식의 가치가 떨어진다. 그러니 그건 주주로서도 손해다.

반대로 증자를 해서 틀어막아야 하는데 그에 반대해서 실패하면 회사가 망할 수도 있다.

그러면 주주들이 가진 주식은 휴지통으로 처박히는 거다.

"복잡하네."

"더 복잡한 건 네가 그 한복판에 던져질 거라는 거야."

"응?"

주주총회에 참석하라는 말만 들었지, 그런 건 전혀 예상하지 못하고 있던 손채림은 깜짝 놀랐다.

아니, 왜 자신이 싸움의 한복판에 던져진다는 말인가? 자신은 아는 것이 아무것도 없는데.

"네가 가진 게 15%니까."

"그게 무슨 말이야?"

"그 정도면 캐스팅 보드를 쥐고 있는 셈이거든."

"캐스팅 보드?"

"그래."

유상증자는 상당히 예민한 문제다. 그래서 회사 측도 자기네 우호 주주를 모으고 반대층도 자기네 우호 주주를 모으면서 서로 기 싸움을 하고 있을 것이다.

"그런데 내가 알기로는, 조말영 할머니는 살아생전에 거기에 참가한 적이 없으셔."

"어? 왜?"

"몰랐으니까."

조말영 할머니는 주식에 대해서 전혀 몰랐기에 그냥 방치하고 있었다.

그리고 그걸 빼돌린 변호사는, 설혹 참석하고 싶어도 그럴 수가 없었다.

누군가 대신 참석하려면 주주의 동의서를 얻어야 한다.

그런데 그렇다는 건 조말영 할머니가 잊어버리고 있는 주식에 대해서 그녀에게 이야기해야 한다는 뜻이니, 변호사가 말을 한다면 자신이 돈을 빼돌리고 있다는 걸 제 입으로 인정하는 꼴이 되는 것이다.

"그러니 한 번도 안 갔지."

"아."

"그런데 이렇게 예민한 주제에 대한 싸움은 기본적으로 해볼 만하다고 할 때 벌어지거든."

"해볼 만하다?"

"그래."

찬성 쪽이나 반대 쪽이 압도적이면 싸움이 안 난다.

하지만 미묘하게 양측 모두가 해볼 만하다고 생각할 정도의 상황이라면 싸움이 벌어질 수밖에 없다.

"그 상황에서 15%의 지분을 가진 사람이 갑자기 딱 나타난다고 생각해 봐. 무슨 일이 벌어지겠어?"

당연히 그 주주에게 관심이 쏟아질 것이다.

15%면 어느 쪽으로 향하는가에 따라 승패가 갈리기에 충분한 지분이니까.

"아아."

"머리 좀 터질 거다."

생각지도 못한 노형진의 조언에 손채림은 머리를 부여잡았다.

회사 운영에 대해서는 쥐뿔도 아는 게 없는데 그곳에 갔을 때 벌어질 엄청난 싸움을 상상하니 벌써부터 머리가 아픈 것이다.

"피할 수는 없겠지?"

"물론 안 가면 되겠지."

조말영 할머니처럼 안 가면, 그냥 그쪽에서 하던 대로 할 것이다.

그러나 그렇게 된다면 도리어 자신의 권리를 포기하는 것이 된다.

"재수 없으면 가지고 있는 주식이 휴지 조각이 될걸."

"아…… 팔아 버릴걸."

"글쎄……."

지금 그녀가 가진 주식의 가치는 대략 30억.

자세한 정보는 모르지만 회사의 확장을 위한 증자라면 최소 60억까지 뛸 수 있는 상황이다.

"문제는 네가 가서 왜 증자하는지 확인해야 한다는 거야."

진짜로 회사의 확장을 위해서 하는 건지, 기업이 다급하게 돈이 필요해서 그런 건지, 아니면 주주들의 권한을 낮춰서 운영자가 전횡을 하기 위한 것인지.

"결국은 가 봐야 한다는 거지."

"그렇구나."

손채림은 잠깐 고민하는 듯하다가 스윽 고개를 돌렸다.

"노 변호사님, 개인적으로 의뢰 하나 안 받을라우?"

"싫은데?"

"의뢰비 말고 치킨에 맥주도 사 줄게."

"내가 그렇게 싸구려로 보이냐?"

"두 번 사 줄게."

"좋아."

노형진은 피식 웃으면서 말했다.

⚖️

"우와."

노형진과 손채림이 도착한 주주총회장은 외부에서 빌린 회의실이었다.

그다지 큰 회사가 아니니 자체적으로 대형 회의실은 없을 테니까.

"사람 많네."

"중요한 날이니까."

노형진은 주변을 흘낏 보면서 들어가던 손채림을 잡았다. 그리고 눈짓으로 주변을 살펴보라고 했다.

"어떻게 생각해?"

"사람은 많은데 분위기 좋다고는 말 못 하겠네."

사람들은 끼리끼리 뭉쳐서 대화하고 있었다.

그들은 마치 파벌이라도 나뉜 것처럼 서로를 힐끔거리고 있었는데, 그 시선은 결코 우호적이지 않았다.

"음."

"왜?"

노형진은 그 시선을 보고 약간은 곤란한 표정이 되었다.

손채림은 그런 그에게 사정을 물어보았다.

"아무래도 목적이 주주의 권한 약화를 위한 증자인 모양인데."

"어? 어떻게 알아, 이야기도 안 들어 보고?"

"분위기가 대립각이잖아."

"그게 문제야?"

"아주 큰 문제지."

만일 확장을 위한 유상증자라면 주주들의 분위기가 이렇게 안 좋을 리 없다.

권한은 약화된다 해도 주식의 가격은 오를 테니까.

반대로 다급하게 돈이 필요해서 증자를 하는 거라면 사람들이 파벌을 이루어 각자 떠들 이유가 없다.

어떻게 해서든 일단 기업을 살려 놔야 자신이 투자한 돈을 지킬 수 있으니까.

"그런데 두 집단으로 나눠서 이야기하면서 서로 견제한 다? 그러면 이야기가 뭐겠어?"

"아."

이번 증자의 목적이 주주들의 권한 약화라는 뜻이다.

"그러면 그걸 그냥 뭐?"

"그러니까 문제가 되는 거야."

주주들이 바보도 아니고, 그걸 동의해 줄 리 없다.

그럼에도 불구하고 회사에서 그걸 내걸고 주주총회를 한 다는 것은 오직 한 가지 뜻이다.

"회사 측에서 이미 자신들에게 우호 표를 던질 곳을 확보 해 놨다는 거지."

"어? 그런 게 가능해?"

"주주총회는 선거랑 똑같아."

서로 사전에 미친 듯이 홍보하고 표를 긁어모은다. 그리고 주주총회가 열리는 그날, 서로 투표를 통해서 파워 게임을 하는 것이다.

"복잡하네."

"일단은 그냥 조용히 있어, 소액주주인 것처럼."

"어째서?"

"회사 측도 해볼 만하다고 덤비는 걸 테고 주주들도 방어하기 위해서 싸우는데, 거기서 '나 주식 15% 가지고 있습니다.'라고 해 봐. 네가 주요 타깃이 될걸."

"아……."

"일단은 누가 맞는지 알아야 하니까."

주주들이 하도 감 놔라 배 놔라 해서 기업 운영이 힘들어 그들의 권한을 낮추려고 하는 것일 수도 있다.

하지만 반대의 경우도 있을 수 있다. 사장이 자기 마음대로 하려는 경우 말이다.

"그러니 일단 조용히 지켜보자고."

"그래."

손채림은 눈살을 찌푸리면서 고개를 끄덕거렸다.

그런 두 사람에게 관심을 가지는 사람은 딱히 없었다.

워낙 중요한 상황인 데다 두 사람은 처음 왔으니 지분율에 대해서 알려진 바가 없었기 때문이다.

─지금부터 주주총회를 시작할 예정이오니…….

그러는 사이에 방송이 흘러나오자 사람들은 굳은 얼굴로 모두 회의실로 향했다.

"자, 우리도 들어가자."

노형진의 말에 손채림은 고개를 끄덕거리면서 회의실 안으로 향했다.

"지금 장난해요! 이유도 없이 증자를 하는 경우가 어디 있습니까!"

"회사에 자금이 다급하게 필요하니까 하자는 거 아닙니까!"

"도대체 지금까지 벌어 둔 돈 다 어디 가고요!"

"회사를 확장하는 데 들어가는 돈이 어디 한두 푼이에요!"

사람들은 언성을 높이면서 싸우고 있었다.

그리고 이번 이사회의 사회를 담당하는 사람은 진땀을 흘리고 있었다.

"진정들 하고 양측의 주장을 들어 보시고……."

"진정? 지금 진정하게 생겼어!"

서로 첨예하게 대립하는 사람들.

'비등하군.'

주주총회에서 언성을 높이는 사람들은 이미 진영이 확실하게 정해진 이들인 반면, 상황을 보려고 눈치를 보고 있는 사람들은 아직 결정하지 않은 사람들이었다.

'보아하니 한쪽이 압도적인 상황은 아닌가 보군.'

그리고 결정되지 않은 사람들의 선택에 따라서 결과가 바뀔 수밖에 없는 상황인 듯했다.

"도대체 왜 증자하자는 겁니까!"

"투자받기 위해서지 뭡니까!"

"그러면 일단 그걸 어디에 쓰려고 하는 건지 말을 해 줘야 하는 거 아닌가요?"

"예산이 잡혀야 이야기를 하죠!"

"세상에 어떤 놈이 계획도 없이 일단 예산부터 잡아요!"

점점 언성이 높아지는 상황을 보고 손채림은 얼굴을 찌푸렸다.

"완전 개싸움이네."

"수십억, 아니 수백억이 달려 있는 상황이니까."

보통 주식을 사고 팔아서 돈을 번다고 한다.

하지만 사실 주식의 근본적인 목적은 다름 아닌 배당이다. 그 주식에 따른 돈, 즉 배당을 받는 것이다.

"만일 기업이 커졌는데 주식은 그대로라면 배당은 늘겠지. 하지만 반대라면?"

"아아."

증자를 했는데 기업은 그대로라면 배당은 줄어든다. 그만큼 많이 나눠야 하니까.

"그러니까 이렇게 싸우는 거야."

"너는 어떻게 했으면 좋겠어?"

"아직은 잘 모르겠는데. 두고 보자고."

노형진과 손채림은 의자에 앉지도 못하고 뒤에 서서 그들의 싸움을 보고 있었다.

"에에…… 일단은 대표님의 말씀을 좀 들어 보시고……."

사회자가 흥분한 사람들을 애써 진정시키며 대표가 여기에 왔다는 말을 하자 다들 입을 꾸욱 다물었다.

"반갑습니다. 세건유통의 대표인 신대욱이라고 합니다."

앞으로 나와서 인사하는 대표.

그는 이번 증자의 필요성에 대해서 차근차근 설명하기 시작했다.

물론 감언이설은 많았다. 하지만 노형진이 보기에는 영 목적이 좋아 보이지 않았다.

'투자 계획도 없고 돈이 급한 것도 아니고, 보아하니 다른 주주들이 감 놔라 배 놔라 하는 상황도 아닌 것 같고.'

노형진은 직감적으로 저들의 목적이 권리의 약화라는 걸 알 수 있었다.

"주주님들의 마음은 알고 있습니다만, 저희는 이번 안건을 표결에 부칠 수밖에 없습니다."

"난 반대야!"

"보이콧합시다!"

대표이사라는 사람이 진정시키기는커녕 도리어 힘으로 싸워 보자는 말을 하자 노형진은 입맛을 쩝쩝 다셨다.

"이길 자신이 있다는 뜻이군."

"그런가?"

"그래."

그렇지 않다면 저렇게 해 보자고 도발할 게 아니라 동의를 해 달라고 읍소를 했어야 한다.

"보아하니 40% 이상이 동의한 모양이야."

"그래서 표결로 가도 이길 수 있다?"

"그래."

그렇지 않다면 반대에 부딪칠 게 뻔한 이런 안건을 올릴 리 없다.

왜냐하면 만일 그런 시도를 했다가 실패하면 주주들이 사장을 자르려고 덤빌 가능성이 높기 때문이다.

"결사반대합시다!"

"맞아!"

"이런 한 치 앞도 못 보는 인간들 같으니라고!"

양측의 대립은 끝도 없이 계속되고 있었다.

하지만 누가 봐도 느긋한 사장 측과 달리 주주 측은 다급해 보이는 것을 보니 이미 승패는 결정이 난 듯한 모양이었다.

물론 손채림이 끼면 이야기가 달라지겠지만.

'지금까지 한 번도 낀 적이 없으니.'

아마 15%의 주식은 빼고 생각하고 있겠지. 노형진은 그렇게 생각했다.

"표결하겠습니다."

사장은 막무가내로 밀어붙이고, 주주들은 아직 마음을 결정하지 못한 사람들을 설득하기 위해서 소리를 더욱 크게 질렀다.

그때 노형진이 손을 번쩍 들었다.

"잠깐!"

"응?"

워낙 크게 소리를 질렀기 때문에 한순간 회의실 안쪽이 조용해지고 모두의 시선이 노형진에게 쏠렸다.

노형진은 그런 그들의 시선을 느끼면서 앞으로 나갔다.

"누구지요?"

"주주분의 위임을 받고 나온 법무 법인 새론의 노형진 변호사라고 합니다."

"그런데요?"

이런 경우는 흔하게 있기 때문에 누구도 변호사가 나온 걸 이상하게 생각하지 않았다.

하지만 그다음 질문에는 다들 당황했다. 전혀 예상하지 못한 질문이었기 때문이다.

"증자를 한다고 가정한다면, 그 증자된 주식은 누가 구입하게 됩니까?"

"네?"

"기존 주주들에게 우선권이 있는 건가요? 아니면 공개 판매입니까? 아니면 구입을 약속한 사람이 있습니까?"

사장은 눈에 띄게 당황했다.

그리고 그 질문의 중요성을 알게 된 사람들 역시 다시 언성을 높였다.

"맞아. 누가 사는 거야?"

"판매는 어떻게 하는 거야!"

이게 중요한 이유는 간단하다.

저들이 주장하는 증자의 주된 이유는 자금의 확보다. 그러니 누가 사든 그건 상관없다.

하지만 기존 주주들에게 판매하지 않는다면?

그건 자금의 확보 목적이 아니라는 소리가 된다.

"그건……."

"저희 주주께서는 증자하고 난 후에 주식을 우선 매도해 주기를 원하고 있습니다. 그렇다면 그 조건하에 동의해 드릴 수 있습니다."

"그런 조건이라면 나도 동의하네."

"나도."

여기저기에서 사람들이 노형진의 말에 동의하고 나서자 사장은 얼굴이 붉으락푸르락해졌다.

"당신 뭐야! 경비! 저 인간 끌어내!"

아무래도 걸리는 게 있는 모양이었다.

하지만 그런 사장의 행동은 실현될 수가 없었다.

"여기서 절 끌어낼 수는 있지요. 하지만 그랬다가는 무효소송당할 거, 아시죠? 저 말고도 반대하는 분들 많은데, 이

분들을 모두 끌어낼 겁니까?"

"큭."

맞는 말이다.

표결해서 이기는 것과 끌어내고 자기들끼리 표결해서 이기는 것은 전혀 다른 이야기다.

가령 표결을 해서 51%가 지지한다고 하면 문제가 전혀 없지만, 반대한 사람들을 다 끌어내고 자기들끼리 표결하면 51%가 지지한다고 해도 무효 소송을 내면 무효화된다.

"끌어내 보시죠."

"나도 끌어내!"

"나도 반대한다! 끌어내 봐!"

"크윽."

뭔가 이상하다는 걸 알아챈 사람들은 노형진을 중심으로 해서 뭉치기 시작했다.

안 그래도 뭔가 이상하다는 걸 느꼈지만 그게 뭔지 명확하게 알 수 없어서 이러지도 저러지도 못하는 상황이었는데, 노형진의 말 한마디가 핵심을 관통한 것이다.

"으음, 일단 표결을……."

사장은 표결하려고 서두르기 시작했다.

자기편으로 넘어왔던 일부 사람들의 표정까지 묘하게 변하기 시작했음을 포착한 것이다.

"아직 질문 안 끝났습니다."

"또 뭡니까?"

사장은 짜증을 부렸다.

노형진이 다 된 밥에 재를 뿌리고 있으니 화가 난 것이다.

하지만 노형진은 재만 뿌리는 정도가 아니라 아예 밥상을 엎을 생각이었다.

"주주명부 좀 봅시다."

"주주명부?"

엉뚱한 말이 나오자 다들 고개를 갸웃했다.

여기에서 주주명부가 왜 필요하단 말인가?

"말을 못 하는 걸 보아하니 누군가 구입을 예정한 사람이 있는 것 같은데 말이지요. 그분을 위해서 다른 주주들의 권리를 약화시키는 거라면, 그분이 누군지 좀 알아야 하지 않겠습니까?"

순간 사장의 얼굴이 파리해졌다.

그게 얼마나 티가 났는지, 다른 사람들 역시 언성을 높이기 시작했다.

"그럽시다!"

"그래요!"

현행법상 주주의 5% 이상의 요구가 있으면 주주명부를 공개해야 한다. 손채림이 가진 지분만으로도 주주명부를 볼 수 있는 것이다.

설사 그녀가 나서지 않는다고 해도 다른 사람들이 알아챈 이상 주주명부 열람을 막을 수는 없다.

"그게, 아직 준비가 안 되어서······."

"말이 되는 소리를 하십시오. 주주총회를 하는데 주주명부가 준비되지 않았다는 게 말이나 됩니까? 그러면 모르는 사람이 와서 나 주주인데 찬성이나 반대를 하겠다고 하면 어떻게 거르려고요?"

"······."

말도 안 되는 소리다.

그러니 사장은 어쩔 줄 몰라 했다.

"까······ 까짓거, 그럽시다."

사장은 잠깐 고민하는 듯하더니 고개를 끄덕거렸다.

노형진은 그 모습을 보고 피식 웃으면서 뒤로 물러났다.

그러자 사람들은 또다시 주주명부를 가지고 싸우기 시작했다.

"왜 그런 거야?"

손채림은 노형진에게 물었다.

주주명부는 왜 보자고 한 건지 이해가 가지 않아서였다.

"보아하니 누군가에게 기업을 넘기려는 수작 같아."

"기업을 넘기려는 거라고?"

"그래."

증자한 주식을 다른 누군가에게 몰아주면 그는 순식간에 대주주가 된다.

그런 작업을 한 놈이 누군지는 모르지만, 기존의 주식을 구입하지 않았을 가능성은 낮다.

"거기에다 시세 차익이 장난이 아니거든."

"시세 차익?"

"그래."

회사에서 발행하는 주식의 가격은 그때그때 다르다.

하지만 일단 발행해서 시중에 유통시키기 시작하면 주식의 가격은 오른다.

"땅으로 치면 공시지가와 거래가의 차이지."

땅에는 두 가지 가격이 매겨진다.

공시지가라고 해서 세금을 부과하기 위해서 매겨지는 정부의 기준, 그리고 거래가라고 해서 그걸 진짜로 사고팔기 위해서 매겨지는 사회적 기준.

일반적으로 공시지가가 거래가보다 훨씬 싸다.

"그런데 주식을 공시지가 기준으로 발행한 후에 거래가로 판다고 하면, 얼마나 비싸지겠어?"

"아!"

"그러니 누군가 구입 예정자가 있다면 심각한 문제가 되지."

"그렇구나."

손채림이 고개를 끄덕거리는 사이에 다급하게 주주명부가 공개되었다.

그리고 갑작스러운 상황에 사장은 진땀을 흘리고 있었다.

"음."

노형진 역시 복사된 주주명부를 보면서 신중하게 생각했다.

내부에는 그다지 이상한 부분은 없었다. 상당수 주식을 가진 사람들이 있으니까.

그러던 중 그는 이상한 점을 발견했다.

"이상한데?"

"왜?"

"이거 봐. 사장 이름이 없어."

"응?"

아무리 살펴봐도 최고 주주 이름들 사이에 사장인 신대욱의 이름은 없었다.

"전문 경영인 아니야?"

"그럴 수도 있지만……."

하지만 하는 짓거리를 봐서는 전문 경영인은 아닌 듯했다.

"왠지 뭔가 자꾸 걸리는데."

노형진은 그렇게 말하면서 다시 명부를 확인했다.

사실 명부라는 것은 특별한 정보를 담은 것은 아니다. 그저 누가 주주인지 정도만 확인할 수 있는 수준이다.

'아직 갱신되지는 않았군.'

손채림을 대신해 아직 조말영의 이름이 올라가 있었다.

하긴 오늘 참석한 이유 중 하나가 바로 이걸 갱신하기 위한 것이니까.

'이상한데.'

노형진은 주식의 이름을 보다가 고개를 갸웃했다.

무려 17%의 주식을 가진 사람이 있었던 것이다.

한국 문화는 보통 최대 주주가 사장을 한다. 그러나 그가 사정이 있어서 못 하면 다른 사람을 시키기는 하지만…….

'그런데 그 사람이 사는 곳이 왜 영광동이야?'

자신이 아는 영광동은 잘사는 동네가 아니다.

전형적인, 오래된 중산층이 살며 점점 몰락해 가는 곳이다.

그런 곳에 주식의 17%를 가진 사람이 산다?

'채림이랑 비슷한 타입인가?'

그런 것 같지는 않다.

그리고 노형진의 신경을 거슬리는 부분이 또 있었다.

'도대체 여기서 왜 연금공단이 튀어나와?'

이곳에 대한 주식을 상당수 가지고 있는 곳. 그곳은 다름 아닌 연금공단이다.

연금공단이 주식 놀음으로 돈을 버는 거야 널리 알려진 사실이다.

사실 연금이 바닥을 보이는 가장 큰 이유는 진짜 연금 때문이 아니라 이러한 주식 놀음에서 계속 실패해서 그렇다.

정확하게 말하면 연금공단의 돈을 정치인들이 쌈짓돈 파먹듯이 주식으로 파먹은 거지만.

어찌 되었건 연금공단이 여기저기 주식을 가지고 있긴 하다.

'하지만 여기는 규모가 작은데.'

여기는 연금공단이 관심을 가지기에는 규모가 작은 곳이다.

주식회사이기는 하지만 비상장 기업이다.

상장 기업과 비상장 기업은 취급이 전혀 다르다. 그리고 연금공단이 비상장 기업에 투자한다는 소리는 들어 본 적이 없다.

'누군지 모를 사람의 주식이 17%, 그리고 연금공단의 지분율이 20%. 다 합하면 37%군.'

전체에서 손채림의 지분을 빼고 나면 85%다. 그런데 그중 37%라면 상당히 큰 수치다.

'거기에다 일부 주주들을 손아귀에 넣는다면……'

충분히 해볼 만한 수치.

노형진은 직감적으로 이들이 이번 사태의 배후라는 사실을 느낄 수 있었다.

"자, 이제 보셨지요? 바로 표결에 들어가겠습니다!"

사장은 약간 긴장한 듯하면서도 애써 호기롭게 외쳤다.

"황용서 씨는 미리 찬성 의사를 밝혔습니다."

노형진의 예상대로였다. 17%의 지분을 가진 사람은 증자에 찬성.

"그리고 연금공단에서도 찬성하셨습니다."

그렇게 시작된 투표.

일단 사전에 의견을 표현한 사람들에 대해서 발표하고 난 후 현장에 있는 사람들의 투표가 시작되었다.

그리고 몇 번 엎치락뒤치락했지만 승기는 점점 회사 쪽으로 넘어가고 있었다.

"현재 43 대 35로 증자가 유리합니다!"

승리를 자신하면서 외치는 사장.

'그런 식으로 흔들리는 사람들을 꼬시겠다 이건가?'

두 집단의 표를 합하면 78%. 거기에 아직 손채림이 내지 않은 15%를 합하면 93%가 된다.

아마도 나머지 7% 소액주주들이 가지고 있는 건 거래형 주식일 것이다. 그러니 그게 등장할 리 없다.

결과적으로 사장 일파의 승리라는 뜻이다.

"더 이상 의견 표현하실 분 없으면 가결을 선포하겠습니다."

노형진은 손채림의 옆구리를 쿡 찔렀다.

"어? 왜?"

"반대해."

"왜?"

"저들이 감추는 게 있어."

"음."

노형진의 말에 손채림은 잠깐 고민하다가 손을 번쩍 들었다.

그녀는 주식에 대해서는 잘 모른다. 하지만 노형진이 누구보다 믿을 만한 사람이라는 것은 잘 안다.

"전 반대하겠습니다."

조용히 있던 손채림이 손을 들어 반대를 표하자 사장은 피식 웃었다.

지금 상황을 뒤집기 위해서는 9% 이상 지분을 가지고 있어야 하는데, 그런 사람은 더 이상 없기 때문이다.

"그래요? 성함이……?"

"손채림입니다."

"손채림?"

다들 명부를 확인했다.

그런데 거기에는 손채림의 이름이 없었다. 그렇다면 여기에 올라가지 않을 정도로 보유하고 있는 주식 수가 미미하다는 뜻인데…….

"그래요? 반대요? 알겠습니다."

가소롭다는 듯 말하는 사장과 똥 씹은 표정으로 그런 그를 바라보는 사람들.

바로 이때쯤이 노형진이 나타날 시점이었다.

"아, 주주명부에는 손채림으로 되어 있지 않을 겁니다."

"네?"

"손채림 양의 주식은 유언에 따라서 승계된 주식입니다. 아직 주주명부가 갱신되지 않았으니 당연히 기존 주주의 성함으로 등재되어 있을 겁니다."

"그래요? 그러면 성함이……?"

"조말영입니다."

그 순간 다들 얼굴이 굳었다.

조말영.

이 회사의 2대 주주이며 15%의 주식을 가지고 있는 사람이다.

바로 직전에 모두가 주주명부를 확인했으니 사람들이 그 이름을 모를 수가 없다.

"조말영 씨라고요?"

"네."

"허허, 말도 안 되는……."

사장은 현실을 부정하듯이 고개를 흔들었다.

여기서 갑자기 조말영이 왜 튀어나온단 말인가?

그가 알기로 회사가 생긴 이후 단 한 번도 주주총회에 참석한 적이 없는 사람인데.

"여기, 법원의 허가서와 유언장 사본입니다."

어차피 갱신하기 위해서 온 것이기 때문에 노형진은 이미 신분을 증명할 모든 서류를 구비해 놓고 있었다. 그러니 그것들을 제출하는 것은 어려운 일이 아니었다.

"보다시피 법원의 허가를 얻어 주식을 승계했으며, 그와 관련된 세금 역시 완납했습니다."

"허억."

"그러므로 15%의 주식은 손채림 양의 주식이 맞습니다."

"어…… 어…… 그러면…….."

사장은 현실을 인정하기 싫은 듯 말을 더듬거렸다.

그러나 이미 현실은 확정되었으니 뒤집을 수는 없다.

"43 대 50으로 부결되었군요."

사장은 사회석의 양옆을 잡고 부들부들 떨기 시작했다.

그리고 반대쪽에 있던 사람들 사이에서는 환호가 터져 나왔다.

"만세!"

"우와!"

"만세!"

그들은 신나서 펄쩍펄쩍 뛰었다.

하지만 노형진은 이번 싸움이 이걸로 끝이 아니라는 생각에 턱을 문지르면서 생각에 빠졌다.

⚖️

"찾으셨습니까?"

노형진은 서둘러서 회사로 온 후에 황용서라는 사람에 대해서 조사를 부탁했다, 실제 살고 있는 동네가 어딘지.

사실 그를 찾는 것은 어려운 것이 아니었다.

그런데 고문학이 찾아온 정보는 생각지도 못한 것이었다.

"그 사람 죽었는데요?"

"네?"

"1년 전에 사고로 죽었습니다."

1년 전에 사고로 죽었다는 말에 손채림은 어리둥절했다.

"그러면 그걸 물려받은 사람이 찬성한 거 아니야?"

"아니야. 그럴 수는 없지."

노형진은 심각한 얼굴이 되었다.

"왜?"

"생각해 봐. 너도 주식을 물려받았잖아?"

"아!"

주식의 권한을 물려받기 위해서는 그 주식을 자신의 앞으로 등재해야 한다.

손채림 역시 그곳에서 자신의 권한을 행사하기 위해서 노형진과 함께 여러 가지 서류를 내야 했다.

"그러면 주주명부에 그 사람이 아니라 다른 사람의 이름으로 등재되어야지."

그런데 죽은 황용서가 찬성 의사를 밝혔다. 그건 말도 안 된다.

"이거, 작업 냄새가 나는데요?"

그걸 보고 있던 고문학은 약간은 떨떠름한 표정으로 말했다.

"작업요?"

"네. 보아하니 누가 바지를 세운 것 같은데……."

여기서 바지란 진짜 바지가 아니라 바지 사장이라는 뜻이다.

"아니, 왜요?"

"그거야……."

여전히 떨떠름한 얼굴로 말을 잇지 못하는 고문학.

노형진은 고문학이 저런 표정을 하는 이유를 알 것 같았다.

"누군가 세건유통을 삼키려고 한다는 뜻이군요."

"세건유통을 삼키다니?"

"말 그대로 그 안에 있는 걸 모조리 훔치려 한다는 거야."

"헐, 그게 가능해?"

"가능하지, 주주들의 권한이 약하다면."

노형진은 회귀 전에 이런 사건들에 대해서 들어 본 적이 있으며, 지금도 심심치 않게 듣고 있다.

소위 기업사냥이라는 방식이다.

"주식을 증자하고 그걸 싹쓸이하면 기업의 운영권을 빼앗아 오는 것은 어려운 일이 아니야. 그 후부터는 그 기업은 그 사람 거지. 보유 주식이 51%를 넘어간다면 사실상 개인 기업이나 마찬가지가 되어 버리니까."

노형진은 심각한 표정으로 말했다.

누군가 기업을 탐내고 있는 것이다.

"누군지 알아냈습니까?"

"그건 아직……."

"이거 위험한데."

"왜 그런가요?"

"아직 누군지 알아내지 못했지만 상대방은 그저 그런 기업 사냥꾼이 아닐 겁니다."

"그게 무슨 말씀이신지?"

"주주 중에 연금공단이 있지 않았습니까? 세건유통이 주식을 상장한 곳도 아닌데 왜 연금공단이 끼겠습니까?"

두 사람의 표정이 급속도로 어두워졌다.

그렇다면 누군가 뒤에서 연금공단이 끼도록 만들었다는 뜻이 되기 때문이다.

그런데 연금공단을 끼게 할 정도로 파워가 강한 사람은 그다지 많지 않다.

어쭙잖은 국회의원들이 이런 부탁을 해 봐야 연금공단에서 이런 식으로 끼어들지는 않는다.

더군다나 1~2%도 아니고 무려 20%의 주식이다.

"아무래도 그 사망자의 후계자를 만나 봐야겠군요."

가장 확실한 것은 이 사태를 알 만한 사람을 만나 보는 것
뿐이었다.

⚖️

"주식요?"

줄줄 흐르는 땀을 수건으로 닦던 남자는 어이가 없다는 듯
말했다.

"그런 거 없는데요."

"없다고요?"

노형진이 황용서의 아들인 황대만을 만난 곳은 다름 아닌
노가다 현장이었다.

그는 이 겨울에 땀을 **뻘뻘** 흘리면서 노가다를 뛰고 있었
다.

"그런 거 할 돈이 있으면 어머니 병원비나 내죠."

어깨를 으쓱하는 황대만.

'진짜 그런 것 같은데.'

그가 사는 집은 작고 오래된 빌라다.

거기에다가 어머니는 병원에 있고, 그는 일자리를 구하지
못해서 노가다를 뛰고 있는 판국이었다.

"그러면 유산을 상속할 때 이야기도 듣지 못했나요?"

"상속할 유산이나 있으면 말도 안 하죠."

어깨를 으쓱한 그는 주변을 둘러보았다.

아무래도 땀이 식기 시작하자 상당히 추운 모양이었다.

노형진은 아무래도 이야기가 길어질 것 같아서 그를 잡아당겼다.

"같이 가서 이야기하시죠."

"하지만 일이 좀 많아서……."

"조퇴를 부탁해 보세요."

"그러면 일당이……."

"제가 20만 원 드리겠습니다."

황대만은 잠깐 고민하더니 한쪽에 서서 소리소리 지르고 있는 남자에게 다가갔다. 그리고 고개를 숙여서 인사하고는 몇 마디 말을 나눴다.

이윽고 남자는 그런 그의 어깨를 두들기면서 뭐라고 했고, 황대만은 그런 그에게 다시 고개를 숙여 인사하고는 이쪽으로 향했다.

"유산이라도 물려받으면 한턱 쏩니다."

피식 웃은 그는 수건으로 이제 거의 다 말라 가는 땀을 다시 한 번 닦았다.

"좀 기다려 주세요, 옷 갈아입고 나올 테니."

그는 사무실로 들어가서 옷을 갈아입고 나왔고, 잠시 후 노형진과 손채림 그리고 황대만은 조용한 커피숍에 마주 앉았다.

이것이 법이다

"그래서 아버지의 유산 중에 주식이 없느냐 이건가요?"

"네."

"있을 리 없죠. 아버지가 전 재산을 다 털어먹고 갔는데."

"다 털어먹고 갔다고요?"

"네. 제가 이 꼴이 된 것도 다 아버지 때문이거든요."

그는 한숨을 내쉬면서 커피를 조금 마셨다.

"아버지가 사기라도 당하신 겁니까?"

"사기라도 당하신 거면 차라리 억울하지도 않지요."

사람이 살다 보면 헛바람이 드는 경우가 있다. 사업을 한다고 설치거나 뭐 엉뚱한 짓을 저지르는 것이다.

그리고 그의 아버지 황용서가 딱 그런 사람이었다.

"정치한다고 집안의 재산을 모조리 가져다 버렸지요."

"허?"

"뭐, 아실지 모르겠지만, 정치 한번 하는 데 들어가는 돈이 얼마나 많습니까?"

"그렇지요."

구의원 출마에 5천, 시의원에 1억, 도의원에 2억, 국회의원에 5억.

이게 정치계에서 말하는 소위 공천료의 최하한선이다.

당연하게도 이건 공천을 받는 데 드는 돈일 뿐이지, 그 이외에 선거에 들어가는 돈은 또 별개의 문제다.

"아버지가 정치에 미쳐서 정치한답시고 여기저기 돌아다

니셨지요."

그렇게 해서 어찌어찌 시의원까지는 했는데, 그 이후에 국회의원을 달겠다면서 여기저기 찌르고 다녔다는 것.

"그 때문에 집안이 이 꼴이 났습니다."

공천을 받아서 나가는 것까지는 성공했는데 아무래도 그 돈이 부족했는지, 아버지가 공천받은 지역이 반대당의 텃밭이라고 할 수 있는 곳이었다.

당연히 아무리 돈을 들이부었어도 이기는 건 불가능했고, 아버지는 전 재산을 털어 내고는 그렇게 망했다.

"그리고 1년 전에 돌아가셨지요."

그 이후에 어머니가 화병으로 쓰러지셨다고 했다.

"그러면 황대만 씨의 생활은……?"

"보다시피지요."

그가 노가다를 뛰어서 번 돈으로 생활을 이어 가는 상황이었다.

"아버님이 정치권에 계셨다고요?"

"네."

노형진은 그림이 그려지는 것 같았다.

확실히 그가 정치권에 있었다면 모든 것이 말이 된다.

그렇다면 그가 돈을 벌어서 그 주식을 샀을까? 그건 무리다.

고작 시의원 한 번 한 것만으로는 그 큰돈을 벌 수는 없다.

더군다나 황대만이 이야기하지 않았던가, 국회의원을 하

기 위해 전 재산을 말아먹었다고.

"아버지에게 들은 것도 없고요?"

"네."

"그렇단 말이지요."

"그런데 아버지 주식이 있다는 건 솔직히 금시초문입니다."

황대만은 침을 꿀꺽 삼키면서 말했다.

주식이 얼마나 있는지 모르지만 그걸 팔면 일단 어머니의 병원비와 생활비는 충분히 될 것 같았기 때문이다.

황대만은 주식에 대해서 모른다. 그렇다면 다른 놈들이 주식을 가지고 있다는 소리다.

과연 누굴까?

그리고 사장은 그걸 알고 있을 것이다.

주식을 조용히 빼돌리고 사장이 찍소리도 못 할 정도라면, 한 가지는 확실하다.

누군지 모르지만 그가 가진 힘이 적지 않다는 것.

노형진은 거기까지 생각하고는 황대만에게 물어봤다.

"혹시 돌아가셨을 때 받은 조화 중에 기억나는 사람은요?"

어깨를 으쓱하는 황대만.

'하긴, 그렇게 대놓고 티를 내지는 않았겠지.'

노형진은 과연 뒤에서 물주 노릇을 한 게 누구인지 궁금했다.

"그러면 황용서 씨가 따르던 계파가 따로 있었나요?"

"계파?"

"네, 정당이 아닌 계파요."

기본적으로 공천권을 얻기 위해서 정당에 돈을 내야 하는 게 맞지만 돈만으로 공천권을 얻을 수 있다면 돈 있는 사람들은 다 출마할 수 있을 것이다.

당연히 공천권을 얻기 위해서는 돈 말고도 그 내부에 있는 계파에 상당한 힘을 얻어야 한다.

"어…… 그러니까……."

황대만은 한참을 생각에 빠졌다.

노형진의 말대로라면 자신에게 감춰진 재산이 있다는 건데, 이건 지금의 상황을 벗어날 수 있는 하늘이 내린 기회였기 때문이다.

"아버지가…… 계파가…… 아…… 제가 정치를 잘 몰라서……."

잘 모르는 정도가 아니다. 혐오한다.

아버지라는 작자가 정치한다고 집안을 말아먹었으니 당연하다면 당연한 일.

"아, 모르겠네요. 그런 내부적 사정까지는 저도 잘……."

"그러면 언급하셨던 정치인이나 친하게 지내던 사람은요?"

"하아, 그러니까…… 분명히 누가 있었는데……."

어느 날 술에 잔뜩 취해 아버지가 한 말이 있었다.

공천은 따 놓은 당상이라고, 든든한 파벌에 들어갔으니 이제 뽕을 뽑는 일만 남았다고.

"든든한 파벌이라……."

노형진은 내부의 파벌을 분류해 보았다.

하지만 여전히 너무나 많은 사람들이 있었다.

현재 정권 내부에는 큰 파벌만 세 개다.

국민연금이 정권의 명령이 없이 끼어들 리 없으니까 분명히 집권당 쪽인데……

"죄송합니다. 기억이 잘…….."

"아닙니다. 그럴 수도 있지요."

노형진은 안타까운 어조로 말했다.

그러는 사이 손채림은 문득 생각난 듯 입을 열었다.

"혹시 그러면 가족 행사 같은 건 안 하나요?"

"네? 가족 행사요?"

"보통 가족 행사에 오면 방명록 같은 거 쓰잖아."

"아!"

갑자기 뭔가 생각난 듯 손바닥을 딱 치는 황대만.

"할머님이 돌아가셨습니다. 장수하셨지요."

"오, 그래요?"

"그때 워낙 정신이 없어서 확인은 안 했지만요."

"그러면 방명록이 있을지도 모르겠군요."

"아마 있을 겁니다. 제가 앞에 비치한 것은 기억합니다."

물론 그 후에 그걸 열어서 확인해 본 적은 없지만.

"그걸 한번 봅시다."

일단 누가 왔는지 확인할 수는 있을 것이다.

같은 계파에서 자리를 인정받았다면 최소한 사람이라도 보냈을 것이다. 그리고 그 사람은 그 계파를 대표해서 왔으니 자기 이름을 쓰지는 않았을 테니까.

황대만은 서둘러서 노형진과 함께 집으로 향했다.

그리고 장롱 구석에서 파란색 벨벳으로 싸인 방명록을 열었다.

"일단 동명이인도 있을 수 있으니 아는 분들은 배제해 주세요."

"네."

그렇게 세 사람은 머리를 맞대고 방명록 내부에서 아는 사람과 모르는 사람을 분류했다.

그러던 중 중간쯤에서, 손채림은 한 사람의 이름을 찾을 수 있었다.

"이 사람은 이름이 낯익은데?"

"박만후라는 분 알아요?"

"어…… 아는 분은 아닌 것 같은데……."

그는 머리를 흔들었다.

"하지만 이름은 낯익네요."

"아버님 친구분인가?"

"그건 아닌 것 같아."

옆에서 조의금 봉투를 분류하던 노형진이 한 말이었다.

이러한 집안 행사가 끝나면 이런 봉투는 버리지 않고 보관

한다. 다음에 그쪽 행사가 있으면 가야 하니까, 누가 왔는지 확인하기 위해서다.

그래서 장례식이 끝나면 금액을 확인하기 위해서 종종 봉투에 얼마를 냈는지 표시하곤 한다.

"100만 원인데?"

"어후."

무려 100만 원.

절대로 일반인이 낼 수 있는 금액이 아니다.

그 정도로 친밀하다면 황대만이 그 사람을 모를 리 없다.

"어…… 그러면 이 사람 아닐까요?"

기억나지 않자 인터넷을 뒤지던 황대만은 한 사람을 찾은 듯 사진을 내밀었다.

"국회의원 박만후라……."

확실히 국회의원쯤 되면 이 정도는 낼 만하다.

그걸 본 노형진의 입술이 비틀려 말려 올라갔다.

"이거, 반갑지 않은 손님을 또 맞이하게 생겼군요."

그의 눈은 차갑게 빛나고 있었다.

⚖️

"박만후, 2선 의원, 지역구는 충남 서산."

정보를 읽으면서 노형진은 심장이 미친 듯이 뛰는 느낌이었다.

생각지도 못한 곳에서 이런 건수가 나오다니.

"그리고 소문난 최재철 계파."

최재철. 노형진의 가장 큰 적이자 언젠가 쓰러트려야 할 작자이다.

그와 비교도 할 수 없는 힘을 가진, 정부의 최대 권력자.

"황용서가 최재철 계파였다는 게 확실한 건가?"

"네. 그러면 모든 것이 맞아떨어지거든요."

어떻게 황용서가 수십억짜리 주식을 사고 계파에 들어갔다고 하면서 좋아했는지 등등이 말이다.

"아마도 최재철의 바지 사장 노릇을 하기로 했을 겁니다."

"으음."

"정치계에서는 흔한 일 아닌가요?"

"그렇지."

송정한은 심각하게 고개를 끄덕거렸다.

정치계의 부패는 언제나 상상을 초월한다.

가끔은 현직 국회의원이 대국민 사기를 치는 경우도 있다.

물론 자기 이름을 쓰지는 않는다.

그때는 바지 사장을 세운다. 보통은 믿을 만한 사람으로.

"자기가 믿을 만한 사람이 되었다고 확신했겠지요."

노형진은 황용서를 생각하고는 씁쓸하게 말했다.

그러나 믿을 만한 사람이 아니라 그냥 이용해 먹는 것뿐이다.

이것이 법이다

상식적으로 바지 사장이라는 것 자체가 비상시에 죄를 뒤집어씌우기 위해서 내세우는 것이다.

그런 자리에 진짜 자기 사람을 심는 사람이 어디 있겠는가?

"아마도 회사를 집어삼키고 돈을 빼낸 다음에 죄를 뒤집어씌우고 털어 냈겠지요."

이런 일에 익숙한 듯 고문학은 중얼거렸다.

"돈을 빼내다니? 운영이 아니고?"

"물론 그럴 가치가 있다면 그렇게 하겠지. 하지만 세건유통은 그렇게 가치 있는 기업이 아니야. 고작 300억 정도 되는 규모니까."

비상장 기업으로 300억이면 작은 규모는 아니다.

하지만 그렇기 때문에 더욱 탐이 났을 것이다.

"전에 한번 주식을 가지고 장난치는 법을 알려 준 적 있지 않아?"

주식을 모아서 기업의 운영권을 접수하고 그 이후에 그 기업에서 돈이란 돈은 다 빼먹는다.

특히 유통사 같은 경우는 빼낼 수 있는 게 더 많다.

일단 원천적으로 가지고 있는 300억의 자산, 기업으로서의 대출, 거기에다 유통 회사이니 다른 기업으로부터 받아들여서 유통해 주는 물건까지.

"이것저것 하면 한 번에 한 1천억쯤 해 먹을 수 있겠지. 아니, 더 될 수도 있겠네, 정치권에서 대출 압력이 내려갈 테니."

손채림은 입을 쩍 벌렸다.

그 작은 기업에서 1천 억이 넘는 돈이 유통된다는 사실이 놀라운 것이다.

"그리고 고의적인 부도."

모든 것은 사라졌다.

기업이 부도를 내고 파산하고 사라지면, 처벌은 바지 사장이 받는다.

그리고 그 돈은 어디론가 사라지는 것이다.

"흔하게 쓰이는 기업사냥 방법이야."

"그럼 다른 주주들은?"

"망하는 거지."

"헐."

"그런데 문제는, 주주들도 바보는 아니라는 거야."

그들도 이상한 점을 느끼면 그러한 대출 같은 걸 결사적으로 막으려고 할 것이다.

그러니 기업사냥꾼의 입장에서는 영 부담스러울 수밖에 없다.

"그래서 증자를 통해서 그들의 권리를 약화시키려고 한 거구나."

"그래."

지금 가진 그들의 주식은 반대파와 비슷하다.

그러니 작전을 시작할 때 방해받지 않기 위해서는 다른 주주들을 막아야 한다.

"들어가는 돈이 적지 않겠지만."

그래 봐야 100억 이하다.

하지만 이게 실행되면 최소한 1천억은 뽑아낼 수 있다.

'물론 그 뒤에는 사람들의 피눈물이 흐르겠지.'

노형진은 속으로 분노가 치밀어 올랐다.

그들이 1천억을 버는 대신에 다른 사람들은 얼마나 많은 피해를 입을까?

세건유통의 직원들이 실직자가 될 건 뻔하다.

문제는 이런 사건의 피해가 그걸로 끝나지 않는다는 것이다.

공급했던 다른 기업들 역시 엄청난 피해를 입을 테니, 연쇄 부도가 벌어지는 게 보통이니까.

사장들은 자살하고, 그곳의 직원들 역시 실직자가 된다. 그리고 그곳을 바라보는 수많은 곳들 역시.

"일반적으로 1천억 정도 되는 이런 사건이 터지면 그 피해는 1천억이 아니라 못해도 5천억, 최악의 경우 1조 단위까지 올라가."

"헐."

"사회는 거미줄처럼 연결되어 있으니까."

"아니, 그렇게까지 하는 이유가 뭐야?"

"뭐긴, 돈이지."

다 돈이다.

특히 정치는 어마어마한 돈이 들어간다.

당장 대통령 선거 한 번에 들어가는 돈이 500억이 넘는다.

국회의원 선거도 각 지역별로 못해도 수억씩 들이부어야 승리한다.

그러니 국회의원들이 돈, 돈 하는 것이다.

"고작 선거를 위해서 그런다는 거야?"

"그런 게 정치니까. 그리고 최재철은 더 심하잖아."

노형진은 눈을 찌푸리면서 말했다.

돈을 벌기 위해서 백 명이 넘는 사람이 죽게 만들었던 화재 사건.

그런 일을 태연하게 저지르는 놈들이 과연 이런 사기 사건에서 양심의 가책을 느낄까? 그럴 리 없다.

"그러면 어떻게 해?"

"몰랐다면 모를까, 그냥 둘 수는 없어."

그냥 둔다면 얼마나 많은 희생자가 나올지 모르는 일이다.

손채림의 재산이 문제가 아니다. 그거야 그녀가 지금 팔아 버린다면 문제는 해결된다.

하지만 그 뒤에 있는 수많은 사람들의 피와 땀, 눈물 그리고 생명이 문제였다.

"어떻게 해서든 막아야지."

노형진은 입술을 꾸욱 다물었다.

시다바리의 역습

"재산을 빼돌리라고요?"

"네."

노형진은 황대만을 보면서 진지하게 말했다.

그러자 황대만은 움찔했다.

"그게 무슨 말씀이십니까?"

"사실대로 말하겠습니다. 그들이 적립한 재산은 적지 않습니다. 40억 정도 되더군요. 그 주식을 빼돌릴 수 있는 기회가 있습니다."

황대만은 침을 꿀꺽 삼켰다.

무려 40억. 절대로 작은 돈이 아니다.

"뭔가 있군요."

"그걸 털 수는 있는데, 그 대신 당분간은 한국에서 살지 못하실 겁니다."

"당분간은?"

"네. 그 주인은 최재철입니다. 현직 방통위원장이자 현 정권의 실세지요. 그 녀석을 건드린다면, 한국에서 계시는 한 어떻게 해서든 당신을 죽이려고 할 겁니다."

"절 죽인다고요?"

"네. 실제로 그놈은 사람을 죽인 적이 있다고 추측하고 있습니다."

이번 사건에서는 황대만의 도움의 절실하게 필요하다.

하지만 그렇다고 해서 그를 속일 수는 없다.

이번 싸움은 위험하다 못해 목숨을 걸어야 하는 싸움이다.

황대만이 최재철을 건드리는 순간 최재철은 자신의 특기를 이용해서 황대만을 말려 죽이려고 들 것이다.

"그걸 피하기 위해서는 다른 나라로 가셔야 합니다."

황대만은 멍하니 노형진을 바라보았다.

다른 나라로 가야 한다는 것.

그건 한국의 모든 기반을 버리고 가야 한다는 것이다.

거기까지 생각이 미치자 그는 갑자기 피식 웃었다.

"좋네요."

"네?"

노형진은 그런 황대만의 말에 살짝 놀랐다.

이건 중요하지만 어려운 일이다. 그런데 좋다니?

"기반을 버리고 간다는 건 아무와도 엮이지 않는다는 건가요?"

"네."

"얼마나요?"

"글쎄요. 5년이 될지, 10년이 될지……."

그들이 안전하게 돌아올 수 있는 시기는 자신이 최재철을 몰락시키고 난 후가 될 것이다. 그러니 명확하게 말해 줄 수가 없었다.

"기반을 버리고 가야 한다셨지만, 기반이라 할 만한 게 있어야 말이지요."

병원비도 제대로 내지 못해서 병원의 눈치를 살피는 삶.

거기에다가 월세로 살고 있는 오래된 빌라.

친척들?

아버지가 정치한답시고 빌려 간 돈을 갚지 않는 바람에 자신들을 사람 취급도 하지 않는다.

친구들?

하루하루 먹고살기도 힘든 판에 얼굴 볼 여유 따위 있을리 없다.

물론 돈과 상관없이 우정을 나누고 있는 사람도 있기는 하다.

하지만 그 정도는 끊어 낼 수 있는 돈이 40억이다. 거기에

다 영원히도 아니고 5년에서 10년이라면…….

"더 빨라질 수도 있나요?"

"운이 좋다면요."

"그렇다면 하겠습니다."

이렇게 평생을 산다고 해도 1억이나 모을까 말까 한 게 그의 삶이다.

아버지가 진 빚을 갚고 어머니의 병원비도 갚고 나면 말이다.

결혼? 꿈도 안 꾼다. 아니, 못 꾼다.

"괜찮으시겠습니까?"

"뭐가 되든 이 짓거리보다야 나을 테지요."

황대만은 마음을 결정한 듯했다.

"그런데 어디로 가게 되나요?"

"미국으로 가시게 될 겁니다."

"미국?"

"네."

"그런데 그러면 최재철이 사람을 못 쓰나요?"

노형진은 피식 웃었다.

물론 최재철쯤 되면 킬러를 사서 미국으로 보낼 수도 있다.

"하지만 그건 어디까지나 알 때의 이야기지요."

"알 때?"

"네. 미국의 CIA에 부탁해서 증인 보호 프로그램에 황대만 씨를 넣어 줄 수 있습니다."

"네?"

황대만은 움찔했다.

그도 미국 드라마를 봐서 그게 뭔지 알고는 있다. 그런데 거기에 들어가는 게 그렇게 쉬운 일이던가?

"물론 쉬운 일은 아닙니다. 하지만 미국도 바른 나라는 아니거든요."

"그게 무슨 말씀이신지?"

"황대만 씨는 현재 최재철을 몰락시킬 수 있는 정치적 약점을 쥐고 있는 셈입니다."

그걸 터트리면 몰락까지는 아니더라도 상당한 타격을 줄 수 있다.

그런데 미국 정부는 그러한 다른 국가 정권 핵심 권력자들의 부패와 비리를 모으는 데 혈안이 되어 있다.

국제적인 협상을 할 때 그걸 이용해서 압력을 행사할 수 있기 때문이다.

"이 정도 증거면 미국 정부에서 증인 보호 프로그램에 넣어 줄 겁니다. 최재철은 누가 뭐라 해도 현 정부의 실세니까요."

"아!"

그런 일은 너무 비일비재하다.

"현 정권이 유지되고 있는 동안에는 아마 당신을 보호할 겁니다."

"그러면 절 포기하는 때가 온다면……?"

"현 정권이 무너졌다는 뜻이지요."

그때는 눈치 볼 것이 없다.

그때쯤이면 최재철의 주소는 아마 서울이 아니라 교도소일 테니까.

"그러면 어떻게 해야 하나요?"

"일단은 주식을 상속받아야지요."

주식의 상속은 아직 이루어지지 않았다.

당연하다. 최재철이 알지 못하고 있었기 때문이다.

"세무서에 그 주식에 대해 신고할 겁니다. 그리고 상속을 받고 상속세를 내실 겁니다. 아, 상속세 걱정은 하지 마세요. 제가 내드립니다."

"헐?"

상속세는 절대로 적지 않다. 무려 40%나 된다.

그런데 그걸 내준다니?

"사람 목숨값보다는 쌉니다."

노형진은 돈이 아까운 게 아니었다.

"일단 상속하시고 나면, 그 권한을 이용해서 손채림 양과 함께 회사 내부에 있는 사람들을 정리해야 합니다. 두 분의 주식을 합하면 32%입니다. 이번 사건으로 다른 주주들의 마음이 현 운영부에서 떠났으니 그들을 정리하는 건 어렵지 않을 겁니다."

"그 후에 제가 떠나면 되는군요."

"네. 그 주식을 쥐고 있든 판매하시든, 마음대로 하시면 됩니다."

"음…….."

"원하시면 제가 사 드리지요."

황대만은 고개를 끄덕거렸다.

집안을 말아먹으면서까지 남아 있던 마지막 끈이다. 하지만 결코 반가운 끈은 아니었다.

아버지의 과오를 증명하는 물건이나 마찬가지니까.

"그러면 구입해 주세요."

"그러지요."

그걸 구입하고 난 후에는 일은 편하다.

모두의 도움을 얻어서 전문 경영인을 투입하면 된다.

'아마도 최재철은 입안이 쓰다 못해 소태를 씹은 기분일 테지만.'

노형진이 봤을 때 최재철이 이번 작전을 위해서 쓴 돈은 아무리 못해도 50억은 넘을 것이다.

그런데 그걸 모조리 털릴 테니, 아마 상당 기간 열 받을 수밖에 없을 것이다.

'뭐, 그래 봤자 얼마 안 되지만.'

최재철의 재산은 아마도 1천억이 넘을 것이다. 그중 50억이면 아주 큰 비중은 아니다.

열이야 충분히 받을 테지만.

"일단은 어머니를 해외로 보내세요. 병원은 제가 알아 뒀습니다."

"감사합니다."

"아, 그리고 저희도 사정이 있어서 이번에는 전면에 나서지 못합니다. 최재철과 사이가 안 좋아서요."

"아아."

"이번 사건은 단독적으로 하신 걸로 해야 합니다."

"그러지요."

어차피 떠날 마당인데 무슨 문제가 있겠느냐며, 황대만은 고개를 끄덕거렸다.

"그러면 바로 시작하지요."

노형진은 최재철이 이 모든 것을 알아차리기 전에 일을 마무리 지을 생각이었다.

⚖️

가장 먼저 한 것은 바로 주식의 상속이었다.

전이라면 이런 행동이 문제가 되지 않았을 것이다.

하지만 이제는 문제가 될 수 있다. 아니, 문제가 된다.

"금융실명제를 만든 건 정치인인데 가장 많이 어기는 놈도 정치인이라니까."

금융실명제.

그 법이 생기고 난 후 기본적으로 차명은 인정되지 않는다.

하지만 정치인들은 대놓고 그 법을 무시했다. 자신들이 법 위에 있다고 생각하기 때문이다.

"이거 넘기면 소송하지 않을까?"

관련 서류를 준비하면서 손채림이 걱정스럽게 말했다.

"아니, 못 해. 할 수가 없지."

"왜?"

"대법원을 비롯한 재판부의 의견은 명확하거든."

이름이 등재한 사람이 바로 주인이다.

"그래서 금융실명제 이후에는 대혼란이 벌어졌지."

이름을 빌려줬던 사람들이 정치자금을 모조리 빼거나 검은돈을 모조리 빼서 도망갔던 것.

그 당시에 대혼란이 있었고, 정치인, 경제인, 기업 할 것 없이 그 돈을 돌려 달라고 성화였다.

"하지만 재판부는 모두 불인정했어. 아무리 최재철이라고 해도 그걸 뒤집지는 못해."

"그런가?"

"그래. 재판부가 제일 싫어하는 게 바로 기존 판결을 뒤집는 거니까."

하물며 그러한 판례들은 대법원에서 나오는 것들이다.

대법원은 누가 봐도 잘못된 사항에 대해서도 뒤집는 걸 극도로 싫어한다.

그런데 누가 봐도 잘된 재판을, 과연 뒤집으려고 할까?

"그걸 모르지는 않을 거야."

정치인인 만큼 누구보다 잘 알 것이다.

"아마도 다른 방식을 쓰려고 하겠지."

노형진은 눈을 반짝거렸다.

"그리고 그게 우리에게 기회가 될 거야."

"뭐라고?"

다급하게 올라온 보고에, 최재철은 평소와 다르게 당황할수밖에 없었다.

"상속재산을 물려 달라고 했다고?"

"네. 그놈이 어떻게 알았는지, 황용서의 이름으로 되어 있는 주식에 대해서 알아내서는……."

"이런."

설마 그걸 알아낼 거라 예상하지 못했던 최재철은 상당히 기분 나쁜 얼굴이 되었다.

"세무서에 신고하고 상속 절차를 밟고 있습니다."

"당장 정지시켜."

"그게 불가능합니다. 이미 세무서에 신고가 들어간 상황이라……."

"이런."

최재철은 속에서 스멀스멀 분노가 올라왔다.

"일을 제대로 하자는 거야, 말자는 거야?"

"죄…… 죄송합니다."

비서들은 고개를 푹 숙였다.

"도대체 그런 것도 관리하지 않고 뭐 했어!"

"그, 그게……."

"당장 그거 찾아와! 아니면 그 돈을 네놈들이 메꾸든가!"

얼굴이 사색이 된 비서들.

"위원장님……."

"당장 가서 해결해! 여기서 그냥 서 있으면 뭐가 해결이 돼?"

"아…… 알겠습니다."

후다닥 나가는 비서들.

그 모습을 보면서 최재철은 기분 나쁜 듯 이를 악물었다.

"이건 예상치도 못한 상황인데."

어떻게 그 감춰진 재산을 알아낸 건지 알 수는 없다.

하지만 이건 그동안의 일과는 전혀 다른 심각한 문제였다.

"젠장."

지금까지 틀어졌던 일은 사실 국가의 손해였지, 자신이 손해 보는 건 아니었다.

그러니 기분이 좀 나쁠 뿐, 그걸 가지고 거품을 물 정도는 아니었다.

하지만 이번에는 명백하게 자신의 손해다.

자신의 돈, 자신이 들인 공, 자신의 작전.

그 모든 게 날아갈 판국이다.

"소송을 해……? 아냐, 그건 아니야."

최재철은 입술을 깨물었다.

소송을 해서 찾아올 가능성은 제로에 가깝다.

오히려 소송하게 되면 자신이 차명으로 재산을 감추고 있었다는 사실을 인정하는 꼴이 된다. 그렇게 되면 수사가 들어올 수도 있다.

"수사야 막을 수 있겠지만……."

자신의 힘으로 수사를 막을 수도 있고, 여차하면 '혐의 없음'으로 끝낼 수도 있다.

하지만 그런다고 해서 다 끝난 건 아니다.

"유찬성 그놈이 문제군."

최근에 진보 측에서 세력을 확장하면서 이름을 떨치는 유찬성 의원.

그의 귀에 이 사건이 들어가면 아마 그는 자신이 죽을 때까지 물고 늘어질 것이다.

다른 사람이면 몰라도, 그 인간이라면 자신이 뭐라고 해도 들은 척도 하지 않을 테고 말이다.

"그 녀석의 힘을 좀 빼 놨어야 했는데."

그런데 그때마다 실패했다.

아니, 도리어 더 힘을 몰아주는 꼴이 되었다.

"그놈만 없었어도……."

어떻게 해서든 무마할 수 있었을 텐데.

그런 아쉬움에 최재철은 다시 한 번 한숨을 쉬었다.

그는 한참 고민하다가 결국 전화기를 들었다.

"서 실장 들어오라고 해."

ㅡ네. 바로 올려보내겠습니다.

비서는 별말하지 않고 대답했고, 채 20분도 지나지 않아서 깔끔하게 양복을 입은 남자가 그 안으로 들어왔다.

"부르셨습니까, 위원장님."

"그래. 요즘 일은 어때?"

"덕분에 별문제 없이 잘되고 있습니다."

그는 그렇게 말하면서 뭔가를 꺼내서 방 안 이곳저곳을 스윽 스치고 지나갔다.

그건 일종의 추적 장치였다. 도청 장치 같은 것을 탐지하는 물건.

그걸로 방 안을 다 뒤진 그는 다시 자리에 앉았다.

"절 부르신 걸 보니 곤란한 일이 생긴 모양이군요."

"어떤 놈이 분수에도 모르는 욕심을 부리는군."

"그런가요?"

"그래. 내가 공을 들여서 작업해 둔 걸 삼키려고 한다."

"흠, 어디를 말씀하시는 건지요? 일이 많아서요."

"세건유통이다."

"아, 그거 지난번에 주주들 때문에 엿 먹지 않았습니까?"

"그래. 안 그래도 그것 때문에 속이 쓰린데 하필이면 황용서의 아들이 나타났다는군."

아들이 나타나서 아버지 황용서의 명의로 되어 있는 주식에 대한 상속을 시작했다는 것이다.

"어떻게 알았을까요?"

"나도 모르지. 확실한 건, 이대로 두면 손해가 막심하다는 거야."

"무슨 뜻인지 알겠습니다."

서 실장은 자리에서 일어나면서 고개를 끄덕거렸다.

"제 선에서 알아서 처리하겠습니다."

창문 밖을 바라보던 최재철은 뒤도 돌아보지 않고 손을 흔들었고, 서 실장은 조용히 바깥으로 나갔다.

홀로 남은 최재철은 입술을 깨물었다.

'일단 유찬성 이놈을 어떻게 해야겠군.'

그의 그런 생각은 전혀 엉뚱한 방향으로 사건이 벌어지게 만드는 단초가 되었다.

⚖️

"어머님은 잘 도착하셨다고 하더군요."

"다행입니다."

마이스터는 미국의 병원에도 투자를 하고 있다. 그러니 미국의 병원에서 그녀를 치료받게 하는 것은 어렵지 않았다.

"그나저나 주변에 특이한 일은 없었나요?"

"아직은요. 왜요?"

"상속이 시작되었으니까요. 법적으로 이 상속은 막을 수가 없습니다. 기존 판례도 그렇고, 사회적으로도 문제가 있으니까요."

노형진이 만든 코리아 타임라인은 단순히 부패한 기자들을 잘라 낸 정도로 끝나지 않았다.

그곳으로 인해서 부패한 기자들이 잘리면서, 권력에 굽실거리던 기존 기자들의 자리를 아직 신념이 남아 있는 새로운 기자들이 채우기 시작한 것이다.

"그동안 방통위에서는 권력을 이용해서 기자들을 억눌렀습니다. 그런데 그 방법이 현재로서는 거의 통하지 않고 있지요. 이 상황에서 외부에 그 사실이 드러나게 된다면 어떻게 될까요?"

"무마가 안 되겠군요."

"네. 권력이 있으니 실각하지는 않겠지만 상당한 타격은 피할 수가 없을 겁니다. 그러면 그들이 쓸 수 있는 방법은 하나뿐이겠지요."

황대만은 침을 꿀꺽 삼켰다.

분명히 노형진이 경고를 해 줬던 상황이다. 그들이 쓸 방법은 결코 법만이 아닐 거라고.

"국정원에서 날 잡으러 오기라도 할까요? 하하하."

"물론 그렇게 하지는 못할 겁니다. 하지만 정치 깡패란 놈들은 언제나 존재했으니까요."

"정치 깡패……."

"그래서 제가 어머님을 먼저 해외로 보낸 겁니다."

그들이 노릴 수 있는 대상이 많을수록 이쪽이 불리해진다.

당연히 황대만의 어머니가 한국에 있으면 반드시 그들의 표적이 될 것이다.

"미국은 경호 시스템이 잘되어 있으니 걱정하지 않으셔도 됩니다."

"이야기가 끝난 모양이군요."

노형진은 고개를 끄덕거렸다.

"말씀드렸다시피, 그쪽에서는 상대 국가의 약점을 잡는 걸 좋아하니까요."

"그럼…… 절 노리겠군요."

"네."

노형진은 고개를 끄덕거렸다.

"일전에 말씀드렸다시피 당신을 노릴 겁니다."

침을 꿀꺽 삼키는 황대만.

"그러면 어떻게 해야 하나요? 방법이 있다고 하지 않았나요? 경찰에 신고해야 할까요?"

"경찰에요? 그건 의미가 없습니다."

경찰이 그런 소리를 듣고 스물네 시간 경호해 줄 수 있는 것은 아니다.

그리고 설사 그럴 수 있다 해도 권력은 그들의 편이다.

위에서 철수하라고 하면 철수하는 수밖에 없다.

"그러면 어떻게 하지요? 숙소를 옮겨야 하나요?"

"숙소를 옮기게 될 겁니다. 다만, 타이밍을 맞춰서요."

"타이밍을 맞춰서?"

"네. 혹시 화재보험 들어 놓으신 거 있습니까?"

황대만은 어리둥절한 표정이 되었다.

⚖

철구는 주변을 두리번거리면서 황대만의 집으로 향하고 있었다.

"형님, 이놈 잡아다가 손 좀 보면 되는 겁니까?"

"그래. 이놈이 간땡이가 부었단다."

그들은 서 실장의 명령을 받고 황대만을 납치하기 위해서 움직이고 있었다.

"그놈 잡아다가 병신 만들고 포기 각서 받으란다."

"멍청한 놈이네요, 왜 쓸데없는 욕심을 부려서."

"내 말이."

그들은 주변을 스윽 살피면서 사람들이 다니는지 확인했다.

사실 이 시간에 나다닐 사람들이 없을 거라는 것쯤은 알고 있지만, 증거를 남기지 않기 위해서였다.

"다음 카메라가……."

철구는 미리 준비한 약도를 보고 CCTV의 위치를 확인했다.

이런 일에 증거를 남기면 안 되기 때문에 위에서 미리 위치를 확인해서 알려 준 것이다.

"음, 이거 틀린 것 같은데요."

"응?"

"직진하게 되어 있는데, 저기 안 보이십니까?"

저 멀리 보이는 카메라 한 대.

분명 약도에는 CCTV가 없다고 표시되어 있는데 자신들의 눈에는 분명하게 보였다.

"아, 걱정하지 마. 저건 작동하지 않는 거야."

"에?"

"동선을 조심하라고 하기는 했지만 아예 피할 수는 없으니까."

그래서 미리 동선 내부에서 피할 수 있는 곳은 피하되, 그럴 수 없는 곳은 작동을 중지시켜 둔다고 들은 상태였다.

"그러니 걱정하지 마."

그들은 그 말을 믿고 천천히 그 아래를 지나갔다.

약간은 불안했지만 믿는 것 말고는 방법이 없었다.

"저 집이다."

"네."

그들이 도착한 것은 4층짜리 빌라였다.

황대만은 그 집의 2층 오른쪽에 살고 있었다.

"싸구려 빌라라 경비도 없어."

철구는 능숙하게 문을 열고 안으로 들어갔다.

여기까지 오면서 본 사람도 없으니 여기서 주저할 이유는 없었다.

"바로 차가 온다고 했으니까 들어가자. 꺽쇠야, 문 따."

"넵, 형님!"

꺽쇠라고 불린 남자는 문으로 다가가서 무릎을 꿇고 능숙하게 문을 따기 시작했다.

두 개의 자물쇠가 걸려 있기는 했지만 꺽쇠는 채 5분도 걸리지 않아서 그걸 따는 데 성공했다.

물론 낮이라면 문제가 되었을 테지만 새벽 3시에 누가 있겠는가.

　"들어가자."

　"네."

　철구는 애들을 데리고 안으로 우르르 들어갔다.

　일단 들어가서 표적에 이불을 뒤집어씌우고 흠씬 두들겨 팬 후에 도착하는 차에 태우고 이동할 예정이었다.

　"어?"

　그런데 안으로 들어간 그들은 어리둥절했다.

　뭔가 이상했다.

　"뭐지?"

　사방에 가득한 종이들, 폐신문들이 그들을 반겼기 때문이다.

　"이 새끼가 폐지 모으나?"

　"그럴 리가요. 노가다 뛴다고 들었는데?"

　"이상하네."

　의아했지만 시간을 끌 수는 없었다.

　"뭘 하든 우리랑은 상관없다. 그놈 찾아."

　사실 찾는다고 해도 황대만이 있을 장소는 뻔했다.

　안방. 모두 자는 시간이니까.

　안방으로 들어가려고 문손잡이를 돌리던 그들은 '철컥' 하는 소리와 함께 문이 걸리자 눈살을 찌푸렸다.

이것이 법이다

"집 안에서 방문을 잠그고 자는 새끼가 어디 있어?"

"어쩌죠?"

"꺽쇠, 따!"

"네."

꺽쇠는 다시 문에 붙어서 그걸 따려고 했다.

하지만 아까와 다르게 그는 땀을 뻘뻘 흘리면서 따지 못했다.

아까는 5분 만에 땄는데 지금은 못 따고 있는 상황인 것이다.

"왜 그래?"

"글쎄요. 이거 안 열리네요."

"아, 씨발."

사실 그게 열릴 리 없다. 이미 노형진이 문을 고장 낸 후였으니까.

하지만 그걸 모른 꺽쇠는 무려 20분을 더 시간을 들여서 따려고 했고, 결국 실패했다.

"아, 씨발."

창문 밖을 바라본 철구는 눈을 찌푸렸다.

이미 차가 와서 기다리고 있다. 이렇게 오래 걸리면 여러모로 곤란하다.

"부수자."

"네?"

"그러면 여기서 그냥 내뺄 거야?"

"그건…….."

"얌마, 이거 서 실장이 시킨 거야. 여기서 꼬리 말고 싶어?"

다들 입을 다물었다.

"부숴!"

"네."

그들은 어쩔 수 없이 온몸으로 문에 부딪쳤다.

사실 오래되어서 너덜거리던 문이었으니 그걸 열고 들어가는 것은 어렵지 않았다.

쾅!

요란한 소리와 함께 문이 부서졌고 다섯 사람은 안으로 우르르 몰려들어 갔다.

"어서 움직여! 어서!"

계획과 다르게 큰 소리가 났으니 주변에서 누가 깼을 수도 있다.

그래서 그들은 황대만을 구타하는 것을 포기하고 바로 납치해 갈 생각이었다.

그러나 그들은 그러지 못했다.

"어?"

뒤집어쓴 이불을 들추자 드러난 것은 사람이 아니라 마네킹이었던 것이다.

"이게 무슨……?"

어리둥절한 그들이 서로를 바라보는 찰나였다.

펑!

작은 소리가 들리자 무심결에 고개를 돌린 그들의 눈이 어느 때보다 커졌다.

"부…… 불이다!"

여기저기 쌓여 있는 종이 더미에서 불이 피어오르기 시작했던 것이다.

그리고 그와 동시에 사방에서 풍기는 기름 냄새.

"이런 씨발!"

철구는 기겁하면서 바깥으로 튀어 나갔다.

이대로 타 죽을 수는 없었기 때문이다.

"젠장!"

그러나 나가는 것도 쉽지 않았다.

이미 잔뜩 쌓여 있는 종이마다 불이 붙고 있었기 때문이다.

"아악!"

몸에 불이 붙은 놈 하나가 비명을 질렀다.

"튀어 나가! 어서!"

비명을 지르는 놈을 끌고 나간 철구는 그를 쓰러트리고는 입고 있던 옷을 벗어서 서둘러 덮어 불을 껐다.

"불이야!"

그러는 사이 여기저기 불이 켜지기 시작했고 철구는 입술을 깨물었다.

"싯팔, 실패다! 튀어!"

그들은 다급하게 대기하고 있던 승합차에 몸을 실었다.

"어, 형님? 표적은요?"

"야, 이 새끼야! 지금 그게 중요해! 튀어! 빨리 밟아!"

차량은 무서운 속력으로 튀어 나갔고, 채 30초도 지나지 않아서 빌라가 보이지 않는 곳까지 사라졌다.

그들이 사라지기 무섭게 옥상에서는 기다리고 있다는 듯이 건장한 사내들이 소화기를 들고 내려왔다.

"어서 꺼요!"

푸시식! 푸식!

소화기의 힘에 이제 막 일어나던 불은 힘없이 꺼졌고, 갑작스러운 화재에 동네 주민들어 너도나도 모여들었다.

"이게 무슨 일이래요?"

"불이 났습니다."

"불?"

"네. 어떤 미친놈들이 건물에 불을 지르고 도망갔습니다."

"뭐라고요?"

"아이고, 무시라."

자신들이 사는 건물에 불을 질렀다는 말에 기겁하는 사람들.

몇몇은 서둘러서 경찰에 전화하고 있었다.

노형진은 그들을 지나쳐서 안으로 들어갔다.

"잘 탔네요."

"그러네요."

그런 노형진을 따라온 황대만은 약간 씁쓸했다.

다 버리고 갈 생각이기는 했지만 이렇게 태울 줄이야.

"주민들에게 문제는 없겠지요?"

"없을 겁니다. 탄 건 종이뿐이거든요. 다른 건 그을린 수준이고. 건물에는 어떤 영향도 없습니다."

종이는 무섭게 타오른다.

하지만 너무 빨리 타기 때문에 건물에 영향을 주기 전에 모두 다 타 버린다.

물론 그 안에 있는 작은 발화장치들이 기름을 품고 있지만 이미 소화기로 다 꺼진 상태였다.

"그리고 만일을 대비해서 방염 처리를 다 해 놨으니까요."

조폭들이야 모르겠지만 이 안은 이미 방염 처리가 되어 있었다.

그래 봤자 효과가 짧은 방염 스프레이를 뿌린 정도지만, 그것만으로도 화재가 번지는 건 충분히 막을 수 있었다.

"하지만 외부에서는 큰 화재로 보일 겁니다."

종이들이 한꺼번에 타면서 불이 커 보였으니까.

특히나 불은 안방에서 심하게 일었다. 냄새가 나지 않는

발화 물질들을 미리 뿌려 놨기 때문이다.

"으으으, 마치 시체가 있는 것 같군요."

안방으로 들어갔을 때 마네킹은 이불을 뒤집어쓴 채로 새카만 색으로 타 버린 후였다.

누가 본다면 시체가 있다고 오인할 만한 모습.

"그걸 노린 겁니다."

"네? 그걸 노린 거라고요?"

"이걸 외부에 뿌린다면 어떻게 될까요? 후후후."

범인들은 위에서 준 CCTV 지도에만 신경을 썼다. 하지만 노형진은 이미 건너편 원룸촌 아가씨를 설득해서 CCTV를 달아 둔 상황이다.

아마 그들의 모습은 정확하게 찍혔을 것이다.

"사람을 죽이기 위해서 현주 건조물 방화를 저지르는 경우, 그 처벌이 무척이나 강합니다."

사람이 사는 건물에 불을 저지른 경우, 무기 또는 3년 이상의 징역이다.

이게 무슨 소리냐면, 피해와 상관없이 무조건 3년 이상이라는 뜻이다.

"누가 봐도 저들이 건물에 불을 지르고 도망간 것으로 보일 겁니다."

"아!"

그들의 그러한 행동은 카메라에 모조리 찍혀 있었다.

"이 건물에 수십 명이 살고 있습니다. 과연 언론에서는 이 걸 그냥 넘어갈까요?"

그럴 리 없다.

그리고 그렇게 됨으로써 최재철은 황대만에게 당분간은 손을 쓰지 못하게 될 것이다.

"이제 나머지 일을 정리합시다, 후후후."

⚖

─요즘 속옷 도둑이 극성을 부려서 카메라를 설치했어요. 그런데 그렇게 대놓고 불을 저지르는 놈이 있을 거라고는…….

방송에 나오는 인터뷰. 그리고 기자의 멘트.

─현재 경찰은 이 5인조 방화범을 추적하고 있습니다. 이 빌라에 는 스물여섯 명의 사람들이 살고 있었습니다. 이 화재는 빠른 진화 로 인해서 인명 피해는 없었지만 만일 늦었다면 엄청난 참사가…….

그런 기자의 멘트는 순간 들려온 날카로운 소리에 묻혀 버리고 말았다.

짝!

날카로운 소리와 함께 반대쪽으로 돌아가는 서 실장의 고개.

그리고 연이어서 '짝! 짝!' 하는 날카로운 타격음이 사무실을 울렸다.

"너 미쳤어? 어? 지금 같이 죽자는 거야, 뭐야?"

"그, 그게⋯⋯."

"손을 좀 봐 주라고 했더니 건물에 불을 질러? 같이 죽겠다는 거야, 뭐야!"

최재철이 원한 건 납치해서 적당히 두들겨 포기 각서를 받는 것이었다.

그런데 산 채로 태워 죽이려고 했으니 언론에서 난리가 날수밖에 없었다.

"저걸 어쩔 거야?"

"죄송합니다, 위원장님."

"죄송? 지금 이게 죄송으로 끝날 일이야?"

"그들 말로는 함정인 것 같다고⋯⋯."

"뭔 개소리야! 그 새끼가 무슨 영매나 점쟁이라도 된다는 거야? 우리가 언제 올 줄 알고 함정을 파!"

최재철은 너무 화가 났다.

이렇게 시킨 것도 제대로 못할 줄은 몰랐던 것이다.

"그 새끼들은 지금 어디 있어!"

"그게⋯⋯."

"왜 말을 못 해?"

"잠수를 타서⋯⋯."

다시 한 번 짝, 소리와 함께 서 실장의 고개가 반대로 돌아갔다.

그러나 할 말이 없었다.

일이 이쯤 되면 그들을 조용히 정리해야 한다. 그런데 잠수를 타게 놔뒀으니 열 받은 것이다.

'젠장, 나보고 어쩌라고.'

그들은 바보가 아니다.

일이 틀어지고, 자신들의 얼굴이 뉴스에 나오고 수배령까지 떨어졌다.

그러니 자신들이 입을 나불거리면 서 실장은 끝장이라는 것을 알고 있다.

물론 그 뒤에 있는 최재철이야 슬쩍 발을 빼겠지만, 그걸 막기 위해 자신들을 정리할 거라는 걸 예상하는 것쯤은 어렵지 않다.

자신들이 몇 번이나 했던 일인데 역으로 당하지 않을 리가 없지 않은가?

당연히 다들 도주했고, 서 실장은 그 때문에 입술이 바짝바짝 마르고 있었다.

"당장 다른 애들 풀어서 찾아내. 그리고 정리해."

"알겠습니다. 그러면 황대만은 어떻게 할까요?"

"이 상황에서 어떻게 건드려!"

이미 한 번 죽이려고 했다. 그것도 방화로 주변 사람들까지 한꺼번에.

그런데 그가 또 습격당하면, 경찰도 바보가 아니니 뭔가 이상하다는 걸 알 것이다.

자칫 잘못하면 자신들이 손을 써서 카메라를 끈 것도 드러날 수 있다.

그렇게 되면 이건 빼도 박도 못하는 상황이 된다.

"당분간 손 떼."

"네."

"가서 그 새끼들 어떻게 해서든 찾아내고!"

"네."

서 실장이 퉁퉁 부은 얼굴로 나가자 최재철은 의자에 앉아서 신음 소리를 냈다.

"젠장, 일이 어떻게 되어 가는 거야?"

절로 한숨이 나올 수밖에 없었다.

치킨 게임

"여권은 문제가 없고."

노형진은 황대만이 해외로 나갈 준비를 차근차근 하고 있었다.

노형진이 미다스라는 사실을 알고 있는 미국의 CIA는 별말하지 않고 그를 도와주기로 했다.

사실 황대만에게는 정치인의 약점 때문이라고 이야기했지만, 아무리 미국이라고 해도 고작 최재철 정도 되는 인간의 약점 때문에 그를 증인 보호 프로그램에 넣어 주지는 않는다.

'뭐, 좋은 게 좋은 거지.'

미국의 CIA 같은 조직은 필연적으로 다른 사람들이 알지 못하는, 비밀리에 움직일 수 있는 예산이 필요하다. 그리고 그 예산을 지원해 줄 수 있는 곳은 한정되어 있다.

그래서 가장 많이 쓰는 방법이 가짜 회사를 만들어서 수익 사업을 하는 것. 그리고 그중에는 당연히 투자 기업도 있다.

'모른 척해 주는 정도야.'

투자회사에서는 정보가 필요하고, 현재 최고의 수익률을 자랑하는 건 노형진의 마이스터 투자금융이다.

당연히 투자 정보를 빼내기 위해서 내부에 사람을 심었다.

그러자 노형진은 그들 중 몇 명을 잘라 버림으로써 나는 뻔하게 알고 있다는 뜻을 내비쳤고, 그 후부터 미 정부는 노형진, 아니 마이스터에 상당히 우호적으로 변했다.

'상부상조하는 거지.'

노형진은 씩 웃으면서 서류철을 닫았다.

"모든 준비가 되었군요. 이제 작전을 실행해 봅시다."

"그런데 제가 주식을 그쪽에 팔고 나서 그쪽에서 하면 안 되나요?"

자신의 집에 와서 자신을 죽이려고 했던 사실을 알게 되자 황대만은 걱정스럽게 말했다.

최재철에 대해서는 방송에 나온 수준밖에 알지 못하지만 그가 한 짓을 생각하면 그가 어떤 사람인지 예상하는 것은 어렵지 않았다.

"전에도 말씀드렸다시피 저희는 이번에 전면에 나서지 못합니다. 만일 저희가 전면에 나서면 미국에도 못 가게 될 겁니다. 그래도 괜찮으시겠습니까?"

꿀꺽.

황대만은 침을 삼키면서 벌렁거리는 심장을 진정시켰다.

"그럴 리가요."

아직 최재철은 새론과 노형진에 대해서 알아채면 안 된다. 그러니 황대만이 전면에 나서 줘야 한다.

그런데 여기서 노형진이 손을 떼면 황대만은 한국에 남을 수밖에 없어, 어느 순간 죽을지 모르는 처지가 된다.

"저희를 믿으세요. 이미 모든 준비는 끝났습니다."

"네, 믿어야지요. 후우."

"그리고 이곳이 미국에 가시면 살게 될 곳입니다."

노형진은 그런 그를 보며 피식 웃다가 그에게 좋은 소식을 알려 줬다. 사람이 스트레스만 받으면 못 산다. 희망이 있어야 일을 하게 되어 있다.

"도심지는 아닙니다. 시 외곽 쪽입니다. 어머님이 입원해 계신 병원에서 한 시간 거리고요. 아, 어머님 신분도 바뀐 거 아시죠? 미 정부에서 제공한 겁니다."

"그래요? 벌써 살 집이 결정……."

사진을 받아 들던 황대만은 움찔했다.

사진에 나타난 집은 자신은 꿈도 꾸지 못하던 집이었던 것이다.

"이게 제 집이라고요?"

"네. 방이 다섯 개이고 화장실이 세 개입니다. 건평은 대략 200평 정도 됩니다."

"여기…… 이거 수영장 아닌가요?"

뒤뜰에는 누가 봐도 작은 수영장이 딸려 있었다.

"맞습니다."

"이…… 이게 제 집이라고요?"

"비싼 곳은 아닙니다."

"에?"

"이쪽 지역이 땅값이 좀 싼 편입니다. 경매로 나온 물건이기도 하고요. 한화로 치면 대략 3억쯤 할 겁니다."

황대만은 멍하니 그 집을 바라보았다.

방 다섯 개짜리, 수영장 딸린 집이라니.

"파산한 건설 회사에서 나온 물건입니다."

지금 미국의 상황은 극도로 좋지 않다.

그래서 경기가 나빠지면서 경매 물건이 미친 듯이 쏟아지고 있었다.

어느 정도로 나쁘냐면, 은행이 채권자의 집을 압류하면 그걸 관리하면서 팔려고 하지 않고 그냥 집 자체를 밀어 버릴 정도다. 집을 관리하는 관리비가 너무 나오기 때문이다.

그러니 차라리 밀어 버리고 관리하지 않아도 되는 땅만 쥐고 있으려고 하는 것이다.

'그리고 보니 이쪽에도 투자 좀 해야겠네.'

노형진은 경기가 살아난 후에 이런 곳들 중 어디가 활성되는지 알고 있다.

그러니 그쪽으로 투자한다면 수익을 짭짤하게 남길 수 있으리라.

"내 집, 내 집……. 이게 내 집이라고요?"

"네. 아마 원하시면 결혼도 하실 수 있을 겁니다."

잔뜩 겁먹은 상황에서 지금까지 꿈도 꾸지 못하던 집이 눈앞에 보이자 황대만의 눈에는 희망이 다시 돌아왔다.

그리고 결혼.

"이런 집에 자산이 30억이라고 하면 누구든 관심을 보이겠죠."

"하하하."

자기 삶에 결혼은 없을 거라 생각했는데 결혼이라니.

"뭐, 그것까지 어떻게 해 드릴 수는 없고."

노형진은 어깨를 으쓱했다.

하지만 더 이상의 말은 필요 없었다.

아까 잔뜩 겁먹었던 황대만의 눈에서는 이제 불이 뿜어져 나오고 있었다.

⚖

주주총회는 회사에서만 열 자격이 있는 것은 아니다. 법적으로 발행주식 5% 이상의 요구가 있으면 주주총회가 열린다.

왜 발행주식 5%냐면, 주식은 한 주가 한 개의 표결권으로 취급되기 때문이다.

그러니까 주주 5%의 요구가 아닌, 5%의 주식의 요구가 되는 것이다.

그리고 황대만은 이미 17%의 주식을 소유하고 있는 상황.

그가 주주총회를 열자고 요구하자 그 안건을 요구받은 주주들은 당혹감을 감추지 못했다.

"해임안?"

"이게 사실이야?"

그들은 서로 뭉쳐서 두런두런 이야기했다.

"허어?"

임시 주주총회의 이유는 다름 아닌 사장의 해임 건의안.

쉽게 말해서 사장을 자르자는 것이다.

"전에는 이 사람, 사장파 아니었어?"

"그런데 왜 자르자는 거야?"

분명히 지난번에는 사장과 손잡고 주주들의 권한을 약화시키려고 했다.

그런데 이번에는 사장을 쫓아내자고 주주총회를 연다는 것이다.

"이거 함정 아닐까?"

"함정?"

"그래. 무슨 이유가 있지 않고서야……."

"하지만 주주총회를 막을 수는 없잖아?"

혼자서 17%를 가지고 있으니 주주총회는 당연히 열린다. 자신들이 가지 않는다고 열리지 않는 게 아니다.

지난번에도 베일에 싸인 2대 주주의 등장으로 인해서 간신히 이겼던 거지, 사실 자신들의 세력은 그리 크지 않았다.

"이거 가야 하나, 말아야 하나."

"일단은 그 손채림 측에 알아보는 게 어떨까?"

"그렇지?"

세력이 밀리는 상황에서 손채림이 저쪽에 붙어 버리면 자신들로서는 낭패다.

그러니 그녀의 의중에 따라서 상황을 유동적으로 판단해야 한다.

"혹시 연락처 아는 사람?"

"나. 그때 담당 변호사한테서 받아 둔 명함이 있어."

누군가 한 명이 나서서 명함 지갑을 뒤적거리더니 노형진에게 전화를 걸었다.

"네, 지난번에 주주 회의 때 뵈었던……. 네, 네. 네? 아, 그런가요? 알겠습니다."

한참 통화하던 그는 한숨을 내쉬면서 전화를 끊었다.

"뭐래?"

"자기네들도 이제야 안건을 받았다고, 일단 현장에 가서 확인한다는데?"

"으음……."

일이 이렇게 되면 자신들이 가지 않을 수가 없다.

자신들이 참가하지 않은 사이에 손채림 측이 함정인 것을 모르고 저쪽으로 붙어 버리면 자신들만 낭패이기 때문이다.

"도대체 무슨 일이 벌어지고 있는 거야?"

누군가의 애타는 질문이 있었지만 아무도 대답하지 못했다.

⚖

"임시 주총을 시작하겠습니다."

지난번에도 분위기가 좋지 않았다.

하지만 이번에는 단순히 분위기가 좋지 않다고 말할 수가 없었다.

전에는 펄펄 끓는 분위기였다면 이번에는 아주 날카로운 칼 위에 서 있는 듯한 차가운 분위기였다.

"이번 임시 주주총회를 요구하신 황대만 주주님의 안건 발표가 있겠습니다."

모두의 시선이 한쪽으로 쏠렸다.

갑자기 사장을 자르는 극단적 선택을 요구하는 것을 이해할 수가 없는 처지였기 때문이다.

"안녕하십니까? 이번 주총을 요구한 황대만이라고 합니다."

황대만은 침을 꿀꺽 삼키고 고개를 들어서 주변을 바라보았다.

'으, 떨려라.'

오늘을 위해서 몇 번이나 연습했지만 역시 막상 닥치자 긴장될 수밖에 없었다.

'그래, 릴렉스하자, 릴렉스. 이 일만 끝나면 넓은 집에서 금발의 미녀를 끼고 살 수 있어.'

그는 그렇게 애써 마음을 다잡으면서 천천히 입을 열었다.

"이번 안건은, 모두 사전에 통지받으셨을 테지만 사장의 해임을 요구하는 바입니다. 제가 해임을 요구하는 이유는……."

말을 하던 그는 잠깐 사장을 바라보았다.

사장은 파리한 얼굴로 이리저리 눈치를 살피고 있었다.

물론 한번 만나기는 했다. 하지만 그렇다고 해서 사장이 해 줄 수 있는 건 없었다.

'아니, 해 줄 능력이 안 되는 거지.'

반대쪽 구석에서 떨고 있는 사장을 보면서 손채림과 함께 온 노형진은 쓸쓸하게 웃었다.

"완전히 패닉인 모양인데?"

"그럴 만하지."

자신과 황대만이 갔을 때 사장은 애초에 만나 주지 않으려고 했다. 만나 봐야 약점만 잡힐 거라는 사실을 알았으니까.

하지만 법원을 통해서 주주총회를 요구하자 어쩔 수 없이 이 자리에 나온 것이다.

"흠흠, 계속 진행하겠습니다."

한참 사장을 노려보던 황대만은 목을 가다듬고 다시 입을 열었다.

"제가 이번 주총을 요구한 것은, 저의 동의 없이 제 주식의 의결권이 사용되었기 때문입니다."

"뭐?"

"아니, 그게 무슨 소리야?"

"그게 말이나 되는 소리야?"

주주들은 깜짝 놀라서 서로를 바라보았다.

주주의 동의 없이 주주의 의결권이 사용된다?

이건 이만저만 심각한 문제가 아니다.

선거 기간에도 대리투표는 불가능하다. 하물며 그건 정치적 권리일 뿐이지만, 이건 자신의 자금이 들어가 있는 재산적 권리다.

당연히 그런 걸 주주의 동의도 없이 행사한다는 것은 말도 안 되는 소리다.

"그게 무슨 말씀이십니까?"

이것이 법이다

누군가 믿을 수 없다는 듯 물었다.

"애석하게도 사실입니다. 지난번에 주주로 황용서라는 이름이 올라가 있었음을 다들 기억하실 겁니다."

다들 고개를 끄덕거렸다.

그 당시 노형진이 주주명부를 요구했기 때문이다.

다른 사람은 몰라도, 최대 주주인 황용서를 모를 수는 없다.

"그분은 제 아버님입니다. 그리고 그 재산은 제가 상속받았습니다. 다만 이 주식의 경우, 제가 그 존재를 이제야 알았기 때문에 상속 절차가 이제야 끝났습니다만."

그러면서 사장을 노려보는 황대만.

사람들은 이상하다는 생각을 했다.

1년 전에 죽은 사람이 어떻게 찬성의 의사를 알려 왔단 말인가?

"혹시 주식의 상속자로서 찬성의 의사를 표현하셨나요?"

노형진은 날카로운 질문을 던졌다.

그러자 사람들의 시선은 노형진이 아닌 황대만에게 쏠렸다. 질문보다는 답변이 더 중요하기 때문이다.

"아니요. 전 주주총회가 열리는 것도 몰랐습니다."

"허?"

최대 주주에게 주총이 열리는 것을 알려 주지도 않는다?

이건 심각한 문제다.

"그리고 아까도 말씀드렸다시피, 저의 아버님은 1년 전에 돌아가셨습니다. 저는 이 주식의 존재를 안 지 얼마 되지 않았구요. 그렇다면 그 동의가 도대체 어디서 나온 건지 알 수가 없군요."

그러면서 사장을 바라보는 황대만.

모두의 시선이 새파랗게 질린 사장에게 쏠렸다.

"저는 주식에 대한 상속을 완료하고 난 후 사장을 만나서 자세한 상황을 알아보고자 했습니다. 하지만 지난 며칠간 사장은 저를 만나려고 하지 않았습니다. 그리고 결정적으로, 어째서 저의 동의도 없이 돌아가신 아버지의 명의로 찬성 의사를 표한 건지 말도 없었습니다."

"저런 미친놈."

"돈 거 아냐?"

최대 주주에게 동의를 구하거나 권한의 위임도 받지 않고 그 사람 마음대로 그의 의견을 확정하는 것은 심각한 월권행위다.

그런 게 가능하다면 누구든 회사를 자기 마음대로 쥐고 흔들 수 있기 때문이다.

"이에 전 사장의 해임을 요구하는 바입니다. 또한 이번 사건에 대해서 경찰에 고발하여, 배후에 누가 있는지 알아내고자 합니다."

주주들의 표정은 점점 심각해져 갔다.

아무리 생각해도 사장이 말도 안 되는 일을 저질렀기 때문이다.

"사장, 한마디 해 보지?"

"그래, 한마디 해 봐. 도대체 무슨 짓거리를 한 거야?"

안 그래도 지난번 사태 이후에 주주들로부터 미움을 받고 있던 사장이었다.

그런데 이런 사태가 벌어지자 그에 대한 일말의 믿음조차 차갑게 식어 가기 시작했다.

"저는……."

반강제로 마이크 앞으로 끌려 나온 사장은 입술을 깨물었다.

그 권리를 누가 사용했는지 그가 모를 리 없다. 그러나 그걸 여기서 말할 수는 없다.

입을 열지 않는다면 그냥 처벌을 받고 자기만 감옥으로 가면 되지만, 입을 여는 것을 선택하면 자신은 죽는다. 자신뿐만 아니라, 다른 사람들 모두.

'그래, 입을 다물자.'

애초에 그는 바지 사장으로 들어온 사람이다. 처벌은 각오한 일이다.

다만 제대로 일을 하지 못했으니 그에 따른 보상이 물 건너갔을 뿐.

"전 할 말이 없습니다."

"저, 저……."

"사람이 말이야, 양심도 없어?"

누가 봐도 범죄행위가 벌어졌음이 명백한 상황에서 묵비권을 행사한다고 하자 다른 주주들은 분노를 표출했다.

그럴 수밖에 없다.

만일 자신들이 여기에 오지 않았다면 어쩌면 사장이 자신들의 주식도 이용했을 수 있다는 뜻이기 때문이다.

그랬다면 말 그대로 자신들을 빼고 무소불위의 권력을 휘둘렀을 것이다.

자기 마음대로 결정하고 휘두르고.

"이는 명백한 업무상 배임일 뿐만 아니라 믿고 맡긴 주주들을 배신한 행위입니다. 이에 저는 해임 건의안을 상정하는 바입니다."

처음에는 함정이라고 생각하고 왔던 주주들은 기가 막혀서 소리를 고래고래 질렀다.

아까 전의 칼처럼 날카로운 분위기는 이제 마치 펄펄 끓는 용암처럼 변해 있었다.

"당신! 지금까지 해 온 짓거리가 정말 이거 하나뿐이야?"

"와, 진짜 뻔뻔하네."

안 그래도 지난번 사건 이후에 주주들은 그를 믿지 않고 있었다. 그런데 이런 일이 터질 줄이야.

"사실 해임과 고발에 대해서는 전 걱정하지 않습니다. 하지만 그렇게까지 해서 누군가에게 주식을 주려고 했다는 것이 전 의심스럽습니다. 듣기로는 지난번에 증자가 실패하지 않았다면 누군가에게 회사의 주식이 대량으로 넘어갈 상황이었다고 합니다만."

그러면서 황대만은 파리한 얼굴로 서 있는 사장을 바라보았다.

"도대체 이렇게 해서까지 증자하려고 한 이유가 뭡니까?"

"⋯⋯."

하지만 사장 신대욱은 아무런 말도 하지 않았다.

'그래, 말하지 않을 거야.'

노형진은 입을 꾸욱 다문 신대욱을 보면서 피식 웃었다.

말할 수가 없을 것이다.

자신이 모시고 있는 사람이 누군지 말하면, 자기만 죽는 걸로 끝나지 않는다는 것을 알고 있을 테니까.

"그러면 해임 건의안을 상정하겠습니다."

해임안을 올리는 것은 어려운 일이 아니었다.

사람들의 분노는 극에 달했고, 그 후에 있을 수사만이 기대될 뿐이니까.

"찬성하시는 분은 손을 들어 주십시오."

모여 있던 사람들이 너도나도 손을 들기 시작했다.

⚖️

"뭐, 해임? 그러니까 사장이 잘렸다는 거야?"

최재철은 당혹스러웠다.

갑자기 전혀 예상하지 못한 방향으로 일이 번지기 시작한 것이다.

"이것이 미쳤나? 아니, 주식을 받자마자 들쑤시는 이유가 뭐야?"

그는 황대만이 일단 주식을 받으면 그걸 팔 거라 예상했다.

황대만의 집안 꼴에 대해서는 누구보다 소상하게 알고 있으니까.

그러면 접근해서 그걸 사든가, 아니면 세상이 잠잠해지면 슬쩍 접근해서 흠씬 두들기고는 빼앗을 생각이었다.

돈을 주고 주식을 산다고 해도 그냥 날리는 것보다는 훨씬 많이 남으니까.

그런데 수족들을 자르고 들쑤시는 건 예상에 없었다.

"이 새끼가 왜 이러는 거야?"

"자기가 사장이 되고 싶은 거 아닐까요?"

"뭐? 사장?"

"조사해 보니 그 녀석, 백수나 마찬가지입니다. 재산도, 직장도 없습니다. 노가다로 연명하더군요."

"음?"

"그러니까 그 자리를 차지하려고 하는 거 아닐까요? 사장만 되어도 연봉 2억은 확정 아닙니까?"

"어린놈이 간땡이가 부었군."

멍청한 건지, 그게 진짜로 자기 아비 재산이라고 생각하는 모양이었다.

"어떻게 할까요? 그냥 둘까요?"

"이거 참 애매하군. 건드리지도 못하겠고 그냥 두지도 못하겠고, 완전히 계륵이야."

주식? 그건 사서 모으면 그만이다.

사실 세건유통 정도 되는 기업은 흔하고 흔하다. 다른 곳에서 작업하면 된다.

하지만 정말 힘든 것은 그 안에 있는 놈들을 골라내는 것이다.

자신을 위해서 일을 할 만한 놈들을 골라내고 여의치 않으면 자신의 사람을 심는 작업. 이게 몇 년씩 걸린다.

"애들을 푸는 건 무리가 있습니다."

지난번에도 보낸 놈들이 삽질을 하는 바람에 경찰이 발칵 뒤집혔다.

수십 명이 사는 집에 불을 지르려고 했으니.

거기에다 인터넷에서 현장이라고 도는 사진에는 시신으로 보이는 뭔가 찍혀 있는데 경찰에서는 그런 게 없다고 딱 잡아떼고 있으니 사람들은 뭔가 감추는 게 아닌가 하고 의심의 눈초리로 바라보고 있어서 대충 일하는 것도 불가능했다.

"그냥 두면 모조리 잘려 나갈 겁니다. 다시 작업하는 데 시간이 좀 오래 걸릴 텐데요."

"음."

최재철은 영 껄끄러웠다.

사실상 세건유통은 자신의 것이라 생각했는데 엉뚱한 놈이 끼어들 줄이야.

"우호 지분은 얼마 되지?"

"아무리 다 긁어 봐야 30% 정도일 겁니다."

"애매하군."

물론 일반적으로 30%의 우호 지분이라면 경영권을 노릴 만한 수치다.

하지만 지난번 사장이 증자를 실패한 이후에 다른 주주들이 반대로 돌아선 것이 문제였다.

"다른 주주들을 돌릴 수 있는 방법은 없겠지?"

"무리입니다."

"그러면 방법은 하나뿐이군."

최재철은 마음을 독하게 먹었다.

"국세청에 연락해서 세무조사 하라고 해."

"네?"

"주가가 떨어지면 주주 새끼들이 팔 거 아냐."

"아!"

어떻게 해서든 51%를 노려야 한다.

최재철이 황대만에게 빼앗긴 것을 찾아올 수가 없다면 다른 사람의 주식을 노려야 한다.

어떻게 해서든 그와 비슷한 숫자를 찾아온다면 황대만을 밀어낼 수 있다.

'그 후에는 정상화하는 데 좀 걸리겠지만……'

하지만 대출을 최대한 받은 후에 고의로 부도 나게 하면 들어가는 돈보다 훨씬 더 많은 돈을 받아 낼 수 있다.

자신이 은행에 압력을 넣으면 더 많은 돈을 대출받을 수도 있고.

'장기적으로 보자. 장기적으로.'

그는 바짝 마른 입술을 침으로 축이면서 말했다.

"세무조사든 뭐든 다 좋다. 일단 주가가 떨어지게 만들어."

"네, 위원장님."

비서가 나가고 난 후 그는 해가 지는 창밖을 보면서 슬며시 입술을 깨물었다.

"누구도 내 밥그릇을 넘보지는 못하지, 후후후."

바로 다음 날부터 갑작스러운 세무조사가 시작되었다. 그리고 사장을 비롯해서 전 직원들이 줄줄이 끌려갔다.

이에 당황한 것은 황대만이었다.

"세건유통을 망하게 하려는 걸까요?"

"아닐 겁니다. 이곳에 들어간 돈이 벌써 수십억입니다. 세건유통이 망하면 그 돈을 날리게 됩니다. 그걸 쉽게 포기하지는 않겠지요."

"그런데 왜……?"

심지어 지금 끌려가는 사장, 아니 전 사장을 비롯해서 임원들은 죄다 최재철이 심어 둔 사람이다.

그런데 그들이 처벌받을 것을 알면서도 무차별적으로 공격하고 있었다.

"그렇게 보이기를 원하는 거겠지요."

"네?"

"인간은 매몰 비용이라는 데 예민하거든요."

매몰 비용이란 뭔가를 하는 데 있어서 손해로 잡아야 하는 비용을 뜻한다.

그런데 인간은 그런 걸 포기하는 게 쉽지 않다.

"가령 이런 거죠."

어떤 사람이 사업하는 데 1천만 원을 투자했다. 그런데 사업이 휘청거린다.

여기서 포기하면 1천만 원은 날리지만 추가 손실은 없다.

그러면 그 1천만 원이 매몰 비용이 된다.

"그런데 인간은 포기하지 못하지요."

조금만 버티면 다시 정상화될 것 같다. 그러니 어떻게 해서든 지금을 벗어나려고 한다.

그래서 돈을 더 투자한다. 그리고 그만큼 매몰 비용은 더 늘어난다.

"그렇게 자꾸 돈이 들어가다 보면 결국 사채까지 쓰게 되는 거지요."

"그런데요?"

"지금 최재철은 이곳에 못해도 50억 이상 집어넣은 상황입니다."

이게 성공하면 못해도 1천억, 최대 1,200억 이상 뽑아낼 수 있으니까.

그런데 황대만 때문에 그게 글렀다.

"결국 그 매몰 비용을 찾기 위해서는 황대만 씨 아니면 다른 사람에게서 주식을 사는 수밖에 없지요."

"아하!"

하지만 황대만은 주식을 팔 생각이 없다. 손채림 역시 안 판다.

그렇다면 누가 팔까?

"다른 주주들."

황대만은 그제야 최재철이 노리는 게 뭔지 알았다.

바로 다른 주주들.

"기업이 망할 것 같으면 그들이 어떻게 할까요?"

"팔려고 하겠군요."

"네."

일종의 정치적 위협인 셈이다, 망하기 싫으면 팔라고.

"하지만 다른 사장들이나 임원들은……."

그들은 처벌을 피할 수 없다. 그런데 이런 짓을 한다고?

"애초에 처벌은 피할 수 없었습니다. 미리 이야기가 된 것일 테니까요."

고의 부도로 돈을 빼돌리면 그들은 처벌을 피할 수 없다. 그러니 그들이 바지 사장인 것이다.

이러나저러나, 어차피 처벌받는 것은 똑같다.

"그들 입장에서는 지금이 더 유리하지요."

상대적으로 지금이 처벌이 더 약할 테니까.

"적당히 벌금 내고 나와서 다시 취임하면 그만이니까."

노형진은 이미 예상하고 있던 일이다.

최재철은 강력한 정치적 힘이 있다. 그 정도 힘을 가진 사람이 세건유통 정도 흔드는 건 어려운 일이 아니다.

"그러면 어떻게 하죠? 우리도 주식을 긁어모아야 하나요?"

"돈 있으신가요?"

"그게……."

돈이 있을 리 없다.

그 돈이 있었다면 이렇게 위험한 게임에 동참하지도 않았을 것이다.

"그냥 두세요."

"네?"

"저들이 원하는 건 주주들이 다급하게 파는 겁니다."

이렇게 시간이 좀 지나면 주주들은 겁을 집어먹고 팔자를 시전할 것이다.

　어떻게 보면 최재철이 그걸 노리는 것일 수도 있다. 도리어 황대만에게 사는 것보다 더 싸게 살 수 있을지도 모르니까.

　"그러면 어쩌죠?"

　노형진은 씩 웃었다.

　"우리도 저들의 장난질에 동참을 좀 해 보도록 하지요, 후후후."

⚖️

　"이게 어떻게 된 일입니까?"

　주주들은 난리가 났다.

　갑자기 시궁창으로 처박히기 시작하는 주식을 보니 정신이 아찔해질 수밖에 없었다.

　"전에 기업을 집어삼키려고 하던 작자들이 장난치는 거라고 보시면 됩니다."

　"장난요?"

　"네."

　노형진은 주주들을 모아 두고 차근차근 지금까지 일어난 일에 대해 설명했다.

　물론 정식으로 열린 주주 회의는 아니었다.

주주 회의를 열어서는 안 된다. 저들에게 타격을 줘야 하니까.

"그러니까 우리가 회사를 집어삼키는 걸 방해하니까 주식을 빼앗으려고 이런다, 그런 얘기인가요?"

"네, 정확합니다."

노형진이 사실을 인정하자 주주들은 똥 먹은 얼굴이 되었다.

자신도 모르는 사이에 이런 일이 벌어지고 있을 거라고는 누구도 예상하지 못했기 때문이다.

"그걸 다 아는 걸 보니 아무래도 관련된 자인 모양인데, 그러면 어떻게 해야 하나요? 우리가 주식을 꽉 쥐고 있어야 하나요?"

"아니요. 그렇게 되면 우리는 망할 겁니다."

"네?"

"주식을 빼앗으려고 저러는 건데 주식을 안 주면 아마도 망하게 할 겁니다."

"끄응."

다들 우울한 얼굴이 되었다.

이 상황에서 뭘 어쩌란 말인가?

상대방은 정권의 실세. 그가 범죄를 저지르겠다고 작심하고 달려든다면 자신들이 할 수 있는 것은 없다.

"그러면 어찌해야 합니까?"

다들 노형진을 바라보았다.

방법도 없이 이렇게 몰래 사람들을 모으지는 않았을 테니까.

"그들의 장단에 놀아나 줄까 합니다."

"네?"

노형진의 전혀 예상하지 못했던 말.

지금은 주식을 지켜야 하는 판국인데 장단에 놀아나 주겠다니, 정말 뜻밖이었다.

"저들이 이쪽에 겁을 주겠다면 이쪽도 그들에게 겁을 주는 겁니다."

"그게 무슨……?"

"이런 걸 보통 치킨 게임이라고 하지요."

치킨은 미국에서는 멍청이 또는 겁쟁이 등을 뜻한다. 그리고 치킨 게임이란 두 멍청이가 둘 다 망하는 것도 모르고 경쟁하는 것을 뜻한다.

"하지만 그 말이 언제나 맞는 건 아닙니다. 치킨 게임을 하면 결국 승자가 나오기 마련이거든요."

노형진은 미소를 지으면서 주주들을 바라보았다.

"그리고 전 질 생각이 없습니다."

⚖️

"뭐라고?"

최재철은 자리에서 벌떡 일어났다.

세건유통의 주식이 자신의 예상과 다르게 휴지 조각이 되어 가고 있다는 소식이 들려온 것이다.

"그게 무슨 소리야!"

"그게, 주주들이 한꺼번에 팔자고 외치고 있습니다. 시장에 현재 세건유통 주식의 60%가 나온 상황입니다."

"그게 목적 아니야! 당장 사 모아! 도대체 뭐가 잘못된 건데? 휴지 조각이고 나발이고, 우리 목적이 그건데!"

최재철은 짜증스럽게 말했다.

예상했던 일 아닌가?

물론 약간 달라진 것이 있기는 하다.

예상과 다르게 1대 주주와 2대 주주를 포함한 대부분의 주주들이 주식을 시장에 내놓았던 것이다.

"문제는 그게 아닙니다."

"뭐? 그럼 뭐가 문제인데?"

"공급 업체들이 납품을 거부했습니다."

"공급 업체들이 납품을 거부해? 지금 장난해?"

적당히 치고 빠지려고 했다. 그리고 주식이 시장에 나오면 긁어모으려고 했다.

그런데 공급 업체들이 납품을 거부하는 것은 전혀 예상하지 못한 상황이었다.

"망할 수밖에 없는 기업에 공급 업체들이 납품하지 않겠답니다. 더군다나 그동안 밀려 있던 돈까지 모조리 회수해 갔습니다."

"큭."

세건유통은 말 그대로 유통 회사다. 공급사에서 물건을 납품하지 않으면 망할 수밖에 없다.

그런데 거기에 있던 외상과 어음까지 모조리 회수해 갈 줄이야.

"주식이 쏟아져 나오고 있는데 팔리지 않습니다. 사실상 끝장났습니다."

"큭."

이건 생각지도 못한 일이었다.

자신이 원한 건 그저 겁먹은 주주들이 주식을 내놓는 것이었지, 회사의 파멸이 아니었는데 말이다.

"어떻게 할까요? 공급 업체에 압력을 행사해 볼까요?"

"뭔 개 같은 소리야!"

여기서 공급 업체에 자신이 압력을 행사하기 시작하면 자신이 뒤에 있다는 걸 인정하는 꼴밖에 안 된다.

절대로 그럴 수는 없다.

그러나 그렇다고 그냥 둔다?

'씨발, 돈이 다 날아가는데.'

무려 50억이나 거기에 꼴아박았다. 그런데 진짜로 망하면 곤란하다.

'어쩐다?'

이미 세무조사가 시작된 시점이다. 이제 와서 세무조사를 멈추라고 할 수는 없다.

할 수야 있겠지만, 그러면 분명히 의심을 받게 된다.

"우리 우호 지분이 얼마라고?"

"잘해 봐야 30%일 겁니다."

"우리가 가진 건?"

"대략 3% 정도입니다. 그나마도 서둘러서 긁어모은 거라……."

"팔아."

"네?"

"팔라고."

"위원장님."

"이 작전, 물 건너갔어."

기업이 흔들리면 자신들이 들이부은 돈은 날아가기 마련
이다.

아니, 자신이 세웠던 모든 계획이 다 물 건너가게 된 셈이다.

'염병할.'

그의 계획은 기업을 집어삼킨 뒤 물건을 최대한 받고 대출
을 최대한 당긴 다음 고의 부도를 시키는 것이었다.

그런데 당장 업체들이 납품을 거부할 정도면 정상화된다
고 해도 받을 수 있는 양은 얼마 되지 않는다.

그건 대출 역시 마찬가지다.

정상적인 기업에 최대 한도의 대출을 하는 것은 어렵지 않
다. 하지만 정상적이지 않은 기업에 최대 한도의 대출을 하

는 것은 상당히 위험하다.

　물론 압력을 행사해서 대출하게 할 수는 있지만, 그랬다가 어디서 정보라도 새어 나가기라도 하면 자신에게 치명적인 영향을 미칠 수도 있다.

　정상적인 기업이야 국가 차원에서 지원한 거라고 변명이라도 해 보지만, 이건 망하는 기업에 돈 퍼주는 것밖에 되지 않으니까.

　결국 손해만 보고 위험부담만 커지는 셈.

　"당장 우리가 가진 지분을 팔아."

　"우호 지분은 어떻게 할까요?"

　"이야기해 줘야지."

　사실 자신과 상관없는 일이기는 하지만 이야기는 해 줘야 나중에 다시 써먹을 수 있다.

　자신들만 발을 쏙 빼 버리면 결국 돈을 날리는 셈인데, 그러면 그들이 다시 자신을 도와줄 리 없다.

　"알겠습니다."

　"망할."

　최재철은 속에서 열불이 치솟는 기분이었다.

　들어간 돈이 중요한 게 아니다. 그 정도야 얼마든지 넣을 수 있다.

　진짜 화가 나는 것은 수천억을 해 먹을 수 있었는데 실패했다는 것이다.

'다른 곳으로 작업해야 하나.'

하지만 작업을 하는 것이 쉬운 게 아니다.

짧아도 3년, 보통은 5년씩 걸리는 것이 이 작업이다.

그나마 자신이 권력을 쥐고 있다면 좀 편하지만 그러지 못하는 최악의 사태가 온다면 모조리 먹고 튈 수도 있다.

'염병할.'

그는 이제는 벌지 못하게 된 수천억을 생각하며 쓰린 속을 부여잡는 수밖에 없었다.

⚖

"뭐? 얼마?"

연금공단의 최 부장은 아랫사람의 말에 정신이 아득해졌다.

"구입 가격의 30%입니다."

"억!"

그는 눈을 질끈 감았다.

세건유통의 주식을 사기 위해서 수십억을 꼴아박았는데 지금 팔려고 보니 그 당시 가격의 30%란다.

그나마도 무서울 정도로 떨어지고 있다.

"판매가 되기는 하는 거야?"

"그게……."

망하게는 게 확정적인 기업의 주식이 팔릴 리 없다.

지금 내놓는 가격도 터무니없이 낮음에도 불구하고 주식은 팔리지 않아서 시장에 쌓이고 있는 상황.

"최 부장님, 어떻게 할까요?"

"어떻게는 뭘 어떻게 해! 당장 그거라도 건져야 할 거 아니야!"

쥐고 있다가 망해 버리면 그 책임은 자신이 져야 한다.

물론 지금도 그 책임이 가볍지는 않다. 단 며칠 사이에 수십억이 날아갔으니까.

시말서로는 절대 안 되고 최소한 감봉, 최악의 경우 정직까지.

'씻팔.'

최재철파에 줄을 섰을 때만 해도 장차 국회의원이 될 수 있을 거라 생각했는데, 지금은 국회의원은커녕 당장 이 자리를 지킬 수 있을지 앞이 캄캄해지는 상황이었다.

"지금 30%라고?"

"네."

"그럼 25%에 내놔."

"네? 하지만 부장님……."

"그럼 어쩌자는 거야? 주식을 휴지통으로 처박을까? 응? 어떻게 해서든 처분해야 할 거 아냐!"

구입한 주식이 떨어지는 건 자신이 어쩔 수 없는 하늘의 운명이라고 우길 수도 있다.

실제로도 그런 경우가 없는 건 아니니 감봉 정도로 끝날 수도 있다.

하지만 그렇지 않은 경우, 그러니까 떨어지는 게 뻔하게 보이는데 쥐고 있었던 경우, 그건 하늘의 책임이 아니라 본인의 책임이다.

하물며 그러다가 망하면?

그건 감봉이 아니라 해직의 대상이 될 수도 있다.

'염병할.'

원래는 팔았어야 한다.

그런데 최재철이 쥐고 있으라고, 그래야 자신이 경영권을 확보할 수 있다고 해서 아랫사람들의 의견을 무시하고 판매를 막았다.

그런데 이제 와서 아무래도 그른 것 같으니 팔라고 하다니.

'막아 주면 좋겠지만.'

최재철이 자신을 위해서 위에서 내려오는 징계를 막아 줄 것 같지는 않은 상황.

그렇다면 남은 것은 하나뿐이었다.

"최대한 팔아. 25%, 아니 20%에라도 팔 수 있으면 팔아. 더 이상 손해를 늘릴 수는 없으니까."

최 부장이 선택할 수 있는 것은 그것뿐이었다.

"주식이 다 나온 것 같군요."

주식은 가치다. 그런데 그 가치가 없는 주식은 누구도 사려고 하지 않는다.

지금 세건유통의 주식이 딱 그랬다.

"이제 다 긁어모아 봅시다. 다른 주주들에게도 이야기해요."

"드디어 회수하는 겁니까?"

"네."

황대만의 눈이 반짝거렸다.

주주들이 한꺼번에 주식을 푸는 것은 노형진이 계획한 것이었다. 이 주식이 휴지 조각이 된다는 것을 보여 주기 위해서 말이다.

"공급 업체에는 이야기해 두겠습니다. 이제 공급이 재개될 겁니다."

애초에 공급을 막은 것도 노형진이었다.

공급 업체들도 이번 싸움에 끼어들 수밖에 없는 게, 이곳이 망하면 새로운 판매 라인을 찾아야 하는데 그게 쉽지 않기 때문이다.

더군다나 그 뒤에서 꿀이 떨어질 수 있는 기회를 만들어 놨으니 노형진의 작전에 참가할 수밖에.

망할 것처럼 보였지만 애초에 망할 가능성 자체가 없었던 것이다.

"시장에 내놓았던 주식을 회수하고, 일부 팔린 건 최재철 쪽에서 내놓은 주식을 구입하면 될 겁니다."

사실 그런다고 해도 손해는 아니다. 비싸게 팔아서 싸게 사는 거니까.

"최재철이 물러날 거라 예상하셨나 봐요."

"더 이상 매력적인 함정이 아니니까요."

휴지 조각이나 마찬가지인 주식이다. 설사 그가 끼어든다 고 해도 자신이 원했던 것은 하기는 글렀다.

그렇다면 남은 것은 단 하나, 포기하는 것뿐.

"하지만 그래도 타격이 크잖아?"

손채림은 걱정스럽게 말했다.

아무리 고의로 부도가 날 것처럼 굴었다고 하지만 외부에 서는 세건유통이 상당히 위험한 회사처럼 보인다. 그러니 다 시 정상화하려면 시간이 제법 오래 걸릴 것이다.

공급 업체 역시 노형진과 짠 곳이 있는 반면 그러지 않고 자의적으로 공급을 거절한 곳도 있으니까.

"아, 그 부분은 내가 도와줄 수 있어."

"응?"

"마이스터 쪽을 통해서 주식의 일부를 구입할 거야."

"아하!"

마이스터 투자금융.

그곳이 사는 곳은 무조건 오른다는 말이 있다. 그만큼 성공률이 높기 때문이다.

그런 회사가 주식시장에 올라온 것도 아닌 회사에 투자를 한다?

그렇다는 건 그 회사의 가치가 무척이나 낮게 잡혀 있다는 방증이나 마찬가지다.

"그리고 그곳에서 투자를 발표함과 동시에 주식을 정식으로 상장할 거야."

"오오!"

주식을 정식으로 상장하게 되면 주식의 가치는 몇 배로 뛰기 마련이다.

거기에 마이스터의 이름까지 빌리면 과거 최활황기의 주식 가격보다 못해도 세 배 이상은 올라갈 것이다.

"그 정도면 손해를 벌충하고도 남지."

손채림도 납득한 듯 고개를 끄덕거렸다.

"결국 손해 본 것은 최재철뿐이지."

노형진은 히죽거리면서 웃었다.

"하지만 이번이 끝일까?"

"아닐걸."

최재철은 돈을 빼돌리기 위해서 이런 작업을 했다.

그런데 사실상 최재철이 이런 일을 한 번만 할 것 같지는 않았다. 다음번에도 다른 곳을 통해서 어떻게 해서든 또다시 돈을 벌려고 할 것이다.

"그렇지만 그때는 지금처럼 당하지 않을 거야."

지금이야 모르는 상황에서 불시에 닥친 거라지만, 이제는 저들이 어떻게 돈을 벌려고 하는지 안다.

"이제는 그걸 몰래 방해해야지."

최재철을 막는 것도 중요하지만 이런 사기는 필연적으로 수백수천 명의 피해자를 발생시킨다. 그리고 그걸 막기 위해서는 노형진이 나서는 수밖에 없었다.

"사전에 길을 막을 수 있다면 별걱정은 없을 거야."

모르고 있다면 모를까, 알고 있으니 그가 하는 짓거리를 막는 것은 어려운 것이 아니다.

"가능하면 그 녀석이 빨리 망했으면 좋겠네요."

황대만은 아쉽다는 듯 말했다.

지금쯤 최재철은 황대만에게 이를 박박 갈고 있을 테니 자신은 미국으로 도주해야 한다. 그리고 그가 망해야 한국으로 들어올 수 있다.

"걱정하지 마세요."

노형진은 씩 웃었다.

"5년 안에 그 녀석의 운명을 끝장낼 테니."

그렇게 최재철의 운명은 정해져 버렸다.

이것이 법이다

취업 사기꾼들

"너 미쳤냐? 미쳤어?"

손채림은 출근하다 말고 멈칫했다.

고개를 숙인 한 청년이 눈물을 뚝뚝 흘리고 있었다.

그리고 청년의 맞은편에서 담배를 피우면서 허공을 바라보는 남자.

"아이고, 맙소사. 6천이라니. 우리가 그 돈이 어디 있어, 어? 그 돈이 어디 있느냐고!"

마지막으로, 털썩 주저앉아서 대성통곡하는 아줌마.

'어? 저 사람은?'

자신이 아는 사람이다.

동네에서 마당발로 통하는 아줌마다. 가끔 자신과 이런저런 이야기도 나누곤 했다.

"무슨 일이지?"

그녀는 고개를 갸웃했다.

그런데 집 안의 분위기가 워낙 살벌하다 보니 들어가서 물어볼 상황이 되지 않았다.

자신이 아무리 변호사 사무실에서 일한다고 하지만 무작정 안으로 들어가서 '의뢰하세요.'라고 할 수는 없으니까.

'뭐, 일단은 나중에 이야기를 들어 봐야겠네.'

그녀는 그렇게 생각하고는 시계를 힐끔 보았다. 그리고 한숨을 푹 쉬었다.

보아하니 오늘 아침 출근도 택시를 타야 할 것 같았기 때문이다.

'아이고, 내 돈.'

돈이 아깝기는 했지만 어쩌겠는가, 남의 집 구경하느라고 정신 줄을 놔서 그런 것을.

그녀는 다급하게 총총걸음으로 그곳을 떠날 수밖에 없었다.

"응?"

며칠 뒤 퇴근하는 길. 아줌마 몇몇이 뭉쳐서 떠드는 것이 보였다.

"안녕하세요."

"아, 색시 왔어?"

"색시 아니라니까요. 아직 미혼이라니까. 아줌마는 맨날 색시래."

"에이, 시집가야지."

"그건 제가 알아서 할게요. 그런데 왜 다들 여기 계세요?"

"아, 현수 엄마 병문안 때문에."

"현수 어머니요?"

현수라고 하면 얼마 전 집안에서 혼나던 그 아이다.

그날 이후에 깜빡하고 있었던 일이 손채림의 머릿속에서 스윽 기억났다.

"무슨 일 있어요?"

"현수가 사기를 당했다네."

"사기요?"

"그래."

방현수는 대학을 졸업한 지 2년이 넘도록 취직하지 못하고 있었다. 그래서 집안에서도 애를 바짝바짝 태우는 중이었다고 한다.

그런데 얼마 전에 사기까지 당해서 무려 6천만 원이나 뜯겼다는 것.

"뜯겨요? 그럴 돈이 있었어요?"

"대출받았다고 하던데."

"대출요?"

"그래."

손채림은 고개를 갸웃했다.

직장인도 아니고 백수에게 6천만 원이나 대출해 주는 사람이 있을 것 같지는 않았기 때문이다.

"그거 때문에 현수 엄마가 쓰러져서 병원에 입원했다잖아."

"저런, 큰일이네요."

"큰일이지. 현수 아빠도 돈을 구할 곳이 없으니까 자기 면허를 팔 생각을 하던데."

"네에?"

손채림은 깜짝 놀랐다.

그녀가 알기로 현수의 아버지인 방탄석은 개인택시를 운전한다.

세상에 팔 수 있는 면허는 얼마 안 되니 판다면 결국 개인택시 면허일 건데…….

"하지만 그거 가족의 생계가 달려 있는 거잖아요?"

"그러니까. 아유, 불쌍해서 어떻게 해."

"그럼 현수는요?"

"현수도 꼴이 말이 아니야. 자살 시도했다가 입원했잖어."

"진짜요?"

"자기 때문에 집안이 풍비박산이 났으니 어린것이 얼마나 속이 타겠어."

손채림은 표정이 자못 심각해졌다.

전에는 사정을 몰라서 넘어갔다지만 이러다가는 사람 여럿 죽을 상황이었기 때문이다.

"현수 아버지나 어머니 전화번호 아는 분 계시나요?"

"응, 왜?"

"제가 로펌에서 일하잖아요. 변호사님께 말씀드려 보려고요."

"아, 그래?"

반색한 아줌마들은 핸드폰 주소록을 뒤지기 시작했다.

안 그래도 변호사를 사고 싶어도 돈이 없어서 못 산다고 하던 게 생각난 것이다.

"색시, 아니 아가씨가 소개 좀 해 줘 봐. 안쓰러워 죽겠어."

"그럴게요. 이런 경우는 평등재단 쪽에 이야기해서 변호사비를 지원받을 수도 있을 거예요."

"아휴! 그러면 다행이지!"

그녀들은 잠깐 전화번호를 들고 고민하는 듯하더니 낯선 번호 하나를 손채림에게 건네줬다.

"현수 엄마랑 현수는 지금 제정신이 아니니까 여기에 전화해 봐. 현수 아빠 전화번호야."

"네."
"빨리 좀 해결해 줬으면 좋겠네."
"그럴게요."
번호를 받은 손채림은 주저하지 않고 전화를 걸었다.
"여보세요? 현수 아버님이시죠?"

이틀 뒤, 손채림은 노형진과 약속을 잡아 줬다.
그리고 현수 아버지는 칼같이 시간에 맞춰서 도착했다.
"노형진입니다."
"방탄석이라고 합니다."
인사를 건네자 고개를 90도로 꺾으면서 인사하는 그를 보면서 노형진은 다급하게 말렸다.
"이렇게 하지 않으셔도 됩니다."
"도와주신다고 하니 감사해서 그럽니다. 너무 답이 안 보여서 죽을 것 같았습니다."
노형진은 그의 마음을 알 것 같았다.
당장 눈앞에 있는 절망을 해결할 방법이 없으니 앞이 캄캄했을 것이다.
"그나저나, 저, 자세한 이야기를 듣지 못했는데 좀 들어 볼 수 있을까요?"

사기당한 것은 알고 있지만 어떤 식으로 사기를 당했는지 알지 못했기 때문에 일단은 사정을 아는 것이 중요했다.

"이건 현수 잘못이 아닙니다."

취업하기 힘든 시기에 현수는 어떻게 해서든 취업하기 위해서 노력했다. 그래서 드디어 어떤 곳에 취업이 되었다고 했다.

그런데 현수가 취업한 곳이 사기꾼들이 만든 회사였던 것.

그들은 현수에게 취업의 조건으로 인감증명서를 요구했다.

그리고 그걸로 핸드폰을 만들고 그 핸드폰을 통해서 본인 인증을 해서, 무려 6천만 원이라는 거금을 대출받은 것.

'이런.'

노형진은 그 말을 듣고 대충 상황이 이해되었다.

'이쯤부터 유행하는 사기 방식이군.'

사실 취업할 때 인감증명서는 전혀 필요가 없는 서류다.

그런데 상당수 기업이 마치 구색 맞추기라도 하는 것처럼 인감증명서를 요구했다. 그래서 그걸 이용한 사기가 퍼지고 있는 시기였다.

이로 인해서 수만 명의 취업 준비생들이 피눈물을 흘리게 된다.

'그리고 자살하는 사람도 생기지.'

한 번에 수천만 원씩 피해가 발생하다 보니 단돈 수십만

원에도 벌벌 떠는 취업 준비생들은 절망하고 자살을 선택해 버리는 것이다.

"저희가 아무리 억울하다고 해도, 핸드폰 회사는 자기들은 책임이 없다고 해서요."

그는 기대에 찬 얼굴로 노형진을 바라보았다.

그런데 노형진의 입에서 나온 말은 그런 방탄석의 희망을 사정없이 밟아 버리는 내용이었다.

"엄밀하게 말하면 핸드폰 회사는 책임이 없습니다."

"네에? 아니, 그게 무슨 말입니까! 왜 책임이 없어요!"

답답한 듯 가슴을 두들기는 방탄석.

노형진은 그런 그에게 시원한 물을 내밀면서 진정시켰다.

"일단 진정하세요, 제가 설명해 드릴 테니."

방탄석은 어쩔 수 없이 물을 한 번에 들이켜고는 한숨을 쉬었다.

이 물로 몸속에 있는 불을 끄고 싶지만 그럴 수가 없어서 더 갈증이 나는 기분이었다.

"일단 이 부분에 대해서 핸드폰 회사에 책임을 물어 봐야 아무런 의미도 없습니다."

"아니, 왜요!"

"뭐, 법적으로 그렇다고 해야 하나요. 시스템상의 문제거든요."

"시스템?"

"네."

일반적으로 사람들이 핸드폰을 구입하고 개통하는 곳은 대리점이라고 불린다.

그런데 대리점은 엄밀하게 말하면 핸드폰 회사와 완전 별개의 업체다.

쉽게 말해서 슈퍼마켓 같은 거다.

슈퍼마켓이 물건을 기업으로부터 사서 판매하는 것처럼, 대리점 역시 마찬가지인 셈.

"물론 직영점에서 개통했다면 본사의 책임이 있겠지요. 하지만 대리점은 아닙니다. 대리점의 경우는 전혀 다른 업체 거든요."

절망적으로 고개를 푹 숙이는 방탄석.

혹시나 해서 찾아왔는데 방법이 없다고 느껴졌기 때문이다.

하지만 노형진은 방법이 없는 게 아니었다.

"실망하지 마세요. 방법이 없는 게 아닙니다."

"네?"

"방법이 없는 게 아니라, 법을 잘 알지 못해서 싸움의 대상을 잘못 찾은 것뿐입니다."

"싸움의 대상을 잘못 찾았다고요?"

"네. 애초에 싸움이 안 된다고 하는 건 이쪽이 불리해서가 아니라 싸울 상대가 아닌데 싸우려고 해서 그런 겁니다."

"그게 무슨 말인지 전 잘 모르겠네요."

"핸드폰 회사가 잘못이 없다고 했지, 다른 사람들이 잘못이 없다고는 안 했습니다."

노형진은 이런 사건을 몇 번 해결했다.

그리고 그때마다 사람들이 하는 실수가 뭐였느냐면, 책임 소재를 일단 큰 회사에 묻는다는 것이다.

다급한데 당장 보이는 게 그들이니까 그럴 수도 있다.

더군다나 그들이라면 수천만 원이나 되는 돈을 쉽게 갚을 수 있을 것 같으니 그렇게 생각하는 사람도 있다.

하지만 싸움의 대상은 그들이 아니다.

"쉽게 표현하자면 이런 거죠. 이쪽에서 축구를 하려고 하는데 저쪽에 배구 선수를 초청한 셈입니다."

"에?"

"아예 대상이 다른 거죠."

노형진의 설명에 어리둥절한 표정이 되는 방탄석.

"그러면 누구랑 싸워야 한다는 건가요?"

"그걸 찾아야지요. 그 과정이 바로 이번 소송의 핵심이 될 겁니다."

어리둥절한 방탄석.

하지만 손채림은 노형진이 왜 저런 말을 하는지 알 것 같았다.

"그 가입을 받아 준 곳이 중요하다는 거구나."

"맞아."

"받아 준 곳요?"

"네. 아까 그랬잖아요, 개별적인 전혀 다른 기업이라고."

대리점과 핸드폰 회사는 전혀 다른 곳이다.

하지만 한편으로는 절대적 갑인 핸드폰 회사, 아니 통신사로부터 처리 규정이나 가입 규정 등을 모조리 통제당하고 있는 것이 바로 대리점이다.

대리점이라는 것은 말 그대로 그들을 대신해서 일정 부분의 업무를 해야 하는 곳이기 때문이다.

"대기업이 이런 경우에 책임지도록 해 두면 얼마나 좋겠습니까마는."

그들도 바보는 아니다.

그러니 법적으로 로비해서 법을 바꾸고 내부 규칙을 복잡하게 꼬아 두고 거기에다 매년 수십억씩 돈을 주면서 내부에 법무 팀을 만들어 두는 것이다.

"일단 돈 부분에 대해서는 채무 관계 부존재 소송을 내는 것이 중요합니다."

"채무 관계 부존재 소송요?"

"네."

채무 관계의 발생에 있어서 이쪽이 전혀 문제가 없었다면 애초에 채무는 발생하지 않는다.

억울하다고 울어 봐야 누구도 들어 주지 않으니까.

"아마도 대출받은 곳이 사채업자일 것 같은데요. 아닌가요?"

"애플머니랑 산둥머니 두 곳입니다. 3천만 원씩요."

"그렇다면 일단 그 두 곳에 대해서 채무 관계 부존재 소송을 내도록 하지요."

"이기면요?"

"당연히 그 빚을 갚을 필요가 없지요."

그러자 절망에 물들어 가던 방탄석의 얼굴에 간신히 희망이라는 것이 떠올랐다.

"쉽지 않을 겁니다. 시간도 오래 걸릴 거구요. 저쪽은 어떻게 해서든 돈을 받아 내기 위해서 악착같이 지랄할 겁니다."

"시간이 얼마가 걸려도 좋습니다. 제발 우리를 이 지옥에서 꺼내 주세요. 당장 애 엄마가 어떻게 될까 봐 걱정되어 죽겠습니다."

눈물을 뚝뚝 흘리는 방탄석의 두 손을 노형진은 꼭 잡았다.

"걱정하지 마세요. 제가 도와드릴 테니까요."

노형진은 입술을 지그시 깨물면서 말했다.

"전담 팀?"

"네."

노형진의 말에 송정한은 어리둥절했다.

"이런 사건이 이제 많이 발생할 거라 생각하는 건가?"

"네, 확실합니다. 이런 식의 사기는 한번 방향을 잡으면 무서울 정도로 퍼집니다."

이건 예상이 아니라 현실이다.

취업 사기는 얼마 지나지 않아서 수많은 사람들을 파멸로 이끌어 간다.

오죽하면 정부에서조차 법적으로 인감을 받지 못하게 하겠다고 나설 정도였다.

물론 그래 봤자 그걸 지키지 않으면 장땡이라는 곳이 더 많아서 문제지만.

"수많은 업체들이 확실하지 않은 이유로 인감을 요구합니다. 현재 인감은 한 사람의 대리를 의미할 수 있으니 사실상 주고받는 걸 최대한 줄여야 하는데도 불구하고 말이지요."

"으음."

"취업이 힘들다 보니 다급한 사람들이 많습니다. 인감을 주느냐 마느냐로 취업이 결정된다면 그들은 결국 인감을 내줄 수밖에 없는 상황이 되지요."

"사기꾼들은 그런 걸 노린다 이건가?"

"네. 심지어 멀쩡한 놈들도 그걸 이용하는데 사기꾼이라고 이용하지 않겠습니까?"

어떤 기업은 갑자기 회사가 망했는데 나중에 알고 봤더니 사장이 직원들의 인감을 이용해서 자신의 보증인으로 올려 놓아서 퇴직금도 받지 못한 직원들을 모조리 길바닥으로 쫓아낼 뻔한 일도 있었다.

그 당시에 그 소송을 했던 노형진은 그 사장을 잡을 수 있었는데, 그렇게 수십 명을 자살 직전까지 몰아붙였던 그놈은 하와이에서 200평짜리 주택에서 떵떵거리면서 살고 있었다.

"우리가 계몽을 하고 또 알려 줄 수는 있지만, 모든 사람들에게 알려 줄 수는 없기에 피해는 발생할 겁니다."

"음."

"그러니 전문 팀 하나를 구성해야 할 겁니다."

"그거야 어렵지 않네, 자네가 시스템만 만들어 준다면야."

"그거야 제가 할 일이니까 걱정하지 않으셔도 됩니다."

다만 피해자들을 구제할 방법을 찾는 게 중요할 뿐.

송정한은 납득했다는 듯 고개를 주억거리더니 입을 열었다.

"그나저나 이 일은 어떻게 해결할 건가?"

"일단은 통신사에 싸움을 걸어야지요."

그러자 손채림이 의아한 표정으로 쳐다보았다.

"통신사에? 하지만 그들은 잘못이 없다면서?"

"맞아. 통신사는 잘못이 없지. 하지만 그들은 증거를 가지고 있거든."

"증거?"

"그래. 하지만 그 증거를 주지는 않을 거야. 책임을 지라고 싸움을 거는 게 아니라, 증거를 내놓으라고 싸움을 걸어야 돼."

"가입시켜 준 대리점과 직원의 신상을 달라고요?"

"네."

"안 됩니다."

'내 그럴 줄 알았다.'

누군가 대기업에 자료를 요구하면 돌아올 말은?

당연히 안 된다는 말이다.

그 자료가 기업에 피해가 가지 않아도, 심지어 그 자료를 넘겨줌으로써 기업에 이익이 돌아간다고 해도 일단 안 된다는 말을 한다.

왜냐? 직원은 기업이 아니기 때문이다.

그들은 책임지기 싫어하고 자리만 지키고 싶어 한다. 그러니 어떻게 해서든 문제를 일으키지 않으려고 한다.

"저희가 원하는 게 불법적인 것은 아니지 않습니까? 사기를 친 당사자를 잡으려면 그걸 가입시킨 녀석이 누군지 알아야지요."

현행법상 핸드폰을 개통하기 위해서는 개인 신분증이 필수다.

핸드폰을 개통할 때는 페이스 대 페이스 개통이 기본이다.

인감이 신분증 대용이 될 수 있기는 하지만, 그렇게 하기 위해서는 인감증명서뿐만 아니라 위임장도 같이 제출해야 한다.

'그런데 위임장을 제출했을 리 없지.'

그리고 경험상 이런 사기를 칠 때는 핸드폰을 개통해 주는 브로커가 끼기 마련이다.

한두 명한테 사기를 치는 게 아니기 때문이다.

핸드폰을 개통하러 갔는데 누군가 인감만 들고 여기저기 개통해 달라고 들쑤시고 다니면 의심을 받으니까.

'그들이 믿는 건 이거지.'

통신사에 자료를 달라고 해도 주지 않는 것.

그걸 아니까 그렇게 간땡이가 부은 짓을 하는 것이다.

"경찰에 신고할 수도 있습니다."

"신고할 테면 하세요. 절대 안 됩니다."

담당자로 보이는 남자는 확실하게 선을 그었다, 줄 생각이 없다고.

물론 경찰에 신고하면 주기야 할 것이다.

'그리고 그게 끝이지.'

고소 당사자는 핸드폰을 개통한 사람이 아니라 사기꾼이

된다. 그러니 개통을 해 준 사람은 아무런 처벌도 받지 않은 채로 그냥 넘어가는 게 보통이다.

그러니 저들이 저렇게 당당할 수 있는 것이다.

그러나 노형진이 그걸 뻔하게 알면서 당할 리 없다.

"거참, 저도 변호사 노릇 오래 했지만……."

노형진은 머리를 북북 긁으면서 말했다.

"교도소에 가고 싶어서 버티는 분은 또 처음이네. 아니, 두 번째군요."

그는 피식 웃으면서 남자를 물끄러미 바라보았다.

그 시선을 받은 남자는 왠지 움찔했다.

혹시나 귀찮은 일이 생길까 봐 안 된다고 못 박았는데 갑자기 교도소라니?

시선을 봐서는 자신에게 한 말인 듯한데.

"무슨 말도 안 되는 소립니까. 내가 왜 교도소에 가요?"

"형법 제151조 1항. 벌금 이상의 형에 해당하는 죄를 범한 자를 은닉 또는 도피하게 한 자는 3년 이하의 징역 또는 500만 원 이하의 벌금에 처한다."

노형진은 그렇게 말하면서 그를 뚫어지게 바라보았다.

"지금 범인 은닉하는 거 아시죠?"

"아니, 무슨 말을 그렇게 합니까! 내가 왜 그런 말도 안 되는 짓거리를 한단 말입니까! 내부 규정이에요, 내부 규정!"

"아, 제가 착각했네요. 기업 차원에서 범죄자를 은닉하라는 규정이 있나 보군요."

입을 쩍 벌리는 남자.

노형진은 핸드폰을 꺼내서 어디론가 전화를 걸었다. 그리고 스피커로 돌렸다.

－네, UK텔레콤 감사실입니다.

노형진은 그 말을 들으면서 씩 웃었다.

노형진쯤 되는 사람이 한 기업의 감사실 전화번호를 얻어내는 것은 어려운 일이 아니다.

"안녕하십니까. 법무 법인 새론의 노형진 변호사입니다."

－아, 안녕하십니까? 그런데 어쩐 일로……?

상대방은 조심스럽게 물었다.

업무 때문에 전화가 많이 오기는 하지만 변호사로부터 직접 전화가 오는 경우는 드물다.

변호사가 끼었다는 것 자체가 소송과 관련되었다는 뜻이기 때문이다.

"사실은 여기서 어떤 분을 만났는데요."

－그런데요?

진짜로 통화하자, 다급하게 자신의 자리에서 뛰쳐나와서 핸드폰을 낚아채려고 하는 남자 직원.

노형진은 슬쩍 몸을 돌려서 그의 공격을 피하고는 손채림에게 눈짓을 했다.

손채림은 씩 웃으면서 남자를 몸으로 막았다.

"자, 잠깐만요! 잠시만요, 변호사님!"

그가 다급하게 말하든 말든 노형진은 미소로 답하면서 계속 말을 이어 갔다.

"저분 말씀이 기업 차원에서 범죄자를 은닉하라는 내부 규칙이 있다고 하는데, 사실인가요?"

－네?

상대방은 어이가 없어서인 듯 입을 꾹 다물었다.

얼마나 당황스러운지, 한참 동안 말도 못 하는 듯했다.

한참이 지나서야 그는 힘겹게 입을 열었다.

－그럴 리가요. 저희가 그런 규칙을 만들 리 없지 않습니까?

'그렇지. 당연히 없지.'

기업이 미치지 않고서야 그런 규칙을 만들어 둘 리 없다.

물론 내부적으로 몰래 그런 규칙이 있을 수는 있지만 아 다르고 어 다른 게 인생이다.

"그래요? 그렇다면 이상하군요. 이분은 범죄자 은닉에 관한 내부 규칙이 있어서 자기는 공개하지 못한다고 하는데요. 제가 알기로는 이런 건 상부의 허가를 얻어서 결정할 일이지, 내부 규칙에 있다는 소리는 들어 본 적이 없어서요."

"그, 그건⋯⋯."

사색이 되는 남자. 그리고 미소 짓는 노형진.

노형진은 상대방에게 쐐기를 박았다.

"아무래도 이 건은 그냥은 못 넘어갈 것 같고, UK텔레콤의 내부 규칙을 정리한 게 있으면 가져다주시겠습니까? 만일 사실이라면 정식으로 범죄자 은닉죄로 고발해야 할 듯하네요."

―가져다드리겠습니다. 하지만 단언하건대 절대로 그런 규칙은 없습니다.

"그건 가지고 와 보시면 알 것 같네요. 여기 본사 5층이니까 바로 가져다주시기 바랍니다."

―네. 아, 그 직원이 누군가요?

"어디 보자, 김태만 과장이시네요."

―알겠습니다. 바로 사람을 보내지요.

멘붕 한 표정으로 털썩 주저앉은 김태만 과장.

노형진은 그의 앞에 있는 의자에 다시 앉았다.

"감사실에서 온다고 하니 대화 좀 하고 가야겠네요. 그나저나 김 과장님, 혹시 그 처리 규칙이라는 게 어디에 있는지 아십니까? 내부 규정이 정리된 책이 제법 두꺼울 텐데, 기억해 주시면 편할 것 같은데요."

히죽 웃으면서 말하는 노형진.

손채림은 그런 노형진을 보면서 혀를 내둘렀다.

"잔인한 놈."

"잔인한 게 아니라 난 규칙대로 했을 뿐이야."

노형진이 어깨를 으쓱할 때 마침 한 남자가 헐레벌떡 사무실로 들어왔다. 그리고 주저앉아 있는 김태만에게 다가갔다.

"저기, 김 과장님, 박 부장님이 당장 들어오시라고……."

"……."

영혼이 나간 듯한 표정으로 그 직원을 바라보는 김태만 과장.

"당장 안 들어오면 죽여 버린답니다."

하지만 김태만은 진짜 영혼이라도 나간 듯 멍하니 그를 바라볼 뿐이었다.

직원이 곤란해하는 사이, 다른 남자가 들어왔다.

그의 손에는 제법 두툼한 서류철이 들려 있었다.

"왜 안 올라가?"

"그게……."

"당장 끌고 올라가. 부장님들 다 기다리고 계시니까."

"네."

부장도 아니고 부장님들이라는 말에, 직원은 사색이 되어서 영혼이 나간 듯 휘청거리는 김태만을 부축해서 사무실 바깥으로 강제로 데리고 나갔다.

김태만이 있던 자리에 앉은 남자는 고개를 숙여서 사과했다.

"남궁학 과장이라고 합니다. 죄송합니다. 본의 아니게 귀찮게 해 드렸군요."

"아닙니다."

"여기, 부탁하신 규칙 사본입니다."

노형진은 그 서류철을 받아서 확인했다. 그리고 흡족한 듯 고개를 끄덕거렸다.

"가지고 가서 봐도 되지요?"

"네. 딱히 대외비도 아니니까요. 그런데 무슨 일 때문에 그러시는지?"

"사실은 핸드폰 개통에 관련된 정보를 받아 보고 싶습니다."

"정보라 하시면……?"

"핸드폰을 개통한 장소, 담당 직원 그리고 관련 서류까지 모두 다요."

"죄송합니다만 왜 그러시는지요?"

"사기 사건 때문에 그럽니다."

노형진이 간략하게 사기 사건에 대해서 말하자 남궁학 과장은 신음 소리를 내면서 그 말을 조용히 들었다.

"안 그래도 요 근래에 그런 사건이 많아지고 있더군요. 그래서 피해자분들이 회사에 소송을 걸고 있어서 저희도 곤란한 상황입니다."

"그럼 서로 도움이 되겠군요. 이번 사건만 해결하면 그 방법대로 해결하면 되니까요."

"그렇기는 한데……."

남궁학 과장은 잠깐 고민했다.

하지만 그 고민은 짧았다.

어차피 그가 할 수 있는 것은 없다. 상대방은 변호사고, 여기서 안 준다고 해도 법원을 통해서 요구하면 안 줄 수가 없다.

다만 그건 시간이 걸리고 귀찮으니까 직접 온 것뿐이다.

"모든 관련 서류는 보관하도록 되어 있는 것으로 알고 있는데요."

"네, 당연합니다. 법적으로 모든 서류는 3년간 보관하게 되어 있지요."

"열람이 불가능한가요?"

"제 권한 밖의 일입니다. 정식으로 보고서를 올리고 승인을 받아서 열람 허가를 내드리겠습니다."

"그럼 그렇게 해 주시면 감사하지요."

사실 일 처리에 있어서는 남궁학 과장의 방식이 맞는 것이다.

김태만은 그냥 일하기 싫고 또 책임지기 싫어서 내부 규칙 운운하면서 거절한 것뿐이었다.

"허가가 나는 대로 바로 연락드리겠습니다."

"잘 부탁드립니다."

노형진은 그에게 인사를 건네고 그곳을 나왔다.

함께 나온 손채림은 어리둥절했다.

"이게 끝이야?"

"끝이야. 원래 남궁학 과장의 방식이 정석이야. 자신에게 권한이 없다면 정식으로 상부의 허가를 받아서 하면 되는 거지."

"그런데 왜 김태만 과장은 내부 규칙 운운하면서 안 주려고 한 거야?"

"귀찮으니까."

남궁학 과장이 분명히 말했다, 이런 사건이 많다고.

그 말은 이런 식으로 자료를 요구하는 사람들 역시 많아질 거라는 소리다. 즉, 자신의 일이 늘어난다는 것을 뜻한다.

당연히 그때마다 위에다가 허가를 요청하면, 위에서 좋은 소리가 나올 리 없다.

"그러니 자기 자리를 지키려고 말도 안 되는 거짓말을 한 거지."

"그러면 원래는 준다는 거야?"

"뭐, 원래도 안 줄 거야. 하지만 상대방이 로펌이라면 이야기가 달라지지."

개인이 달라고 하면 주지 않겠지만, 새론은 대한민국에서 알아주는 로펌이다.

심각한 정보도 아니고 어차피 소송을 들어가면 줘야 하는 정보인데 못 줄 이유는 없다.

"이렇게 몇 번 요구하다 보면 자연스럽게 주는 걸로 정착될 거야."

다만 그 시간이 얼마나 걸릴지는 모를 일이지만 말이다.

"일단은 기다려 보자고. 허가를 받는 데 얼마나 걸릴지는
모르겠지만 말이야."

⚖️

닷새 뒤, 남궁학 과장으로부터 연락이 왔다. 허가가 나왔
다고 말이다.

노형진은 현장에 가서 바로 서류를 받아 왔다.

그리고 그걸 보고 코웃음을 칠 수밖에 없었다.

"꼴 봐라. 아주 막나가자는 거네."

인감증명서야 어차피 방현수가 발급한 거니 그렇다고 쳐
도, 위임장은 인감도 아니고 막도장으로 만들어 낸 물건이었
다.

신분증도 없고 자신을 증명할 서류도 없다. 오로지 단 하
나, 인감증명서뿐이다.

"발행한 녀석이 누구야?"

"곽정아라는 여자인데. 용산에서 핸드폰 대리점을 하는
모양이야."

"곽정아? 여자라니 의외인데?"

"사기꾼에 남자, 여자가 어디 있어?"

특히나 이렇게 전면에 나서지 않는 사기의 경우 여자들도

충분히 할 수 있기 때문에 그렇게 나서는 경우가 많다.

"이 여자가 가입시킨 듯하니 일단 신고부터 하자고."

"도망치지 않을까?"

"상관없어. 이번 사건은 채무 관계 부존재 소송에서 이기기만 하면 끝나는 거니까."

당사자인 방현수가 범죄를 저지른 것이 아니다. 다만 사기를 당했을 뿐이다.

그런데 그녀가 도망간다면 자신이 사기를 쳤다고 인정하는 꼴이다.

"물론 만일을 대비해서 사람을 붙여 놔야지."

의심은 의심일 뿐이니 확실하게 잡을 때까지 누군가 그를 지켜봐야 한다.

"일단은 그 여자를 흔들어 보자고."

노형진은 자리에서 일어나면서 말했다.

"과연 어떤 말을 할지 기대되는데?"

⚖

그녀가 있는 대리점은 용산에서도 좀 뒤쪽에 있는, 사람들이 잘 안 다니는 곳이었다.

애초에 핸드폰 대리점을 하기에는 상당히 후미진 지점이었다. 그럼에도 불구하고 그곳에 자리 잡고 있었다.

"주력은 인터넷 판매인가?"

"그럴 수도 있고 아닐 수도 있고."

노형진은 어깨를 으쓱했다.

차라리 인터넷에서 판매하는 건 양심적인 거다.

하지만 노형진의 경험상, 쉽게 돈 버는 방법에 맛들인 사람은 다른 방식을 찾지 못하는 경우가 대부분이다.

"저 여자인가? 생각보다 나이가 많아 보이는데."

50대로 보이는 여자는 피곤한 얼굴로 가게를 오픈하고 있었다.

늦은 시간인데 이제야 여는 것을 보니 늦게 열고 늦게 닫는 모양이었다.

하긴 용산까지 핸드폰 사러 오면서 일찍 올 사람은 없을 테니까.

"넌 반대쪽에서 길을 막아. 만에 하나 있을지 모를 도주에 대비하게."

"오케이."

"당신도 같이 가고요. 당신은 건너편에 있는 샛길을 막으세요. 절대로 도망가지 못하게 해야 합니다."

"그러지요."

노향진은 사람들을 배치한 뒤 천천히 곽정아라는 여자에게 다가갔다.

"실례합니다. 곽정아 씨인가요?"

"네, 그런데요?"

"핸드폰 개통 때문에 왔습니다."

"아, 그래요?"

반색하는 곽정아.

노형진은 그걸 보고 이상하다는 생각이 들었다.

'일반적으로 보이는 현상인데?'

일반적으로 범죄에 연관된 사람들이라면 당연히 낯선 사람이 다가오면 경계하기 마련이다. 그런데 상당히 반가워하는 모양새였다.

"들어오세요."

노형진을 안으로 초대한 그녀는 노형진에게 커피와 녹차 중 무엇을 마실지 물었다.

"어떤 걸로?"

"전 괜찮습니다."

노형진은 안쪽을 스윽 둘러봤다.

별반 다를 게 없는 핸드폰 대리점의 모습.

노형진은 그런 그녀를 보다가 조심스럽게 입을 열었다.

"여기서 핸드폰을 개통해 준다고 해서요."

"당연히 해 드리지요."

"아, 제가 쓸 건 아니고, 제가 아는 분이 쓸 건데……."

노형진은 슬쩍 말을 돌려 봤다. 과연 어떤 반응을 보일 것인가가 궁금해서였다.

"누군데요?"

"아버지신데, 병원에 입원하신 상태라서요."

"그래요? 그러면 신분증하고 위임장이 필요한데……."

"그냥은 안 되나요?"

"미안한데 안 돼요."

정말로 미안한 표정을 지으며 배시시 웃는 여자.

노형진은 그걸 보면서 갸웃했다.

'낯설어서 그런 걸까?'

그럴 가능성도 존재한다.

하지만 낯설어서 그런 것치고는 너무 자연스럽다.

"그래요? 여기서는 가능하다고 해서 온 건데."

"누가 그래요?"

"아닌가요?"

"에이, 요즘 세상이 얼마나 흉흉한데. 그랬다가는 큰일 나요."

어깨를 으쓱하는 모습을 보니 그녀가 하는 것 같지는 않았다.

노형진은 고개를 갸웃했다.

'이상한데? 다른 사람일 리 없는데.'

핸드폰을 팔기 위해서는 각자의 사람들이 다 아이디를 받고 그에 따른 승인을 얻어야 한다.

그래야 중앙 시스템에 접속해서 판매 기록을 올릴 수가 있다.

그런데 그녀는 판매한 것 같지 않은 모습을 보이고 있었다.

그는 문득 혹시나 하는 생각이 들었다.

그녀가 이곳에서 일하기는 하지만, 꼭 그녀 혼자 일하라는 법은 없었던 것이다.

'등록되지 않은 직원.'

따로 등록하고 그러는 절차가 귀찮으니 가끔 직원을 고용하고 아이디를 공유하는 경우. 그런 경우가 있기는 하다.

"죄송한데 여기에 다른 직원이 있나요?"

"있기는 한데, 어디서 소문을 들었는지 모르지만 절대로 그럴 일 없어요. 제가 얼마나 조심하라고 그러는데요."

'그 인간이 말을 안 들으니까 문제죠.'

노형진은 속으로 씁쓸해졌다.

보아하니 그 녀석이 자신 있게 폰을 만들어 준 이유가 있었다. 회사에서 알려 주지도 않을 테고, 알려 준다고 해도 자기는 노출될 리가 없다고 생각했을 것이다.

"확신하십니까?"

"네?"

"그 직원이 시키는 대로 했다는 확신 말입니다."

그제야 곽정아는 낌새가 이상하다는 생각이 들었다.

이런 말을 일반적인 손님이 할 이유가 없기 때문이다.

"무슨 일 때문에 그러시죠?"

노형진은 그녀에게 명함을 건넸다.

아무래도 그녀가 잘 모른다면 일단 뒤흔들어 볼 생각이었다.

"법무 법인 새론에서 나왔습니다. 노형진 변호사라고 합니다."

"변호사요?"

"네. 이곳에서 명의 도용을 도와주고 있다는 정보가 있어서 왔습니다."

사색이 되는 곽정아.

그 모습을 보고 노형진은 그녀가 이번 일과는 관련이 없다는 사실을 확신했다.

그녀의 표정은 뭔가 찔리는 일이 걸린 사람의 것이 아니라 자신도 모르는 사이에 뭔가 일이 벌어졌음을 알게 되었을 때 짓는 것이었기 때문이다.

"그럴 리 없어요. 전 그런 건 절대로⋯⋯."

"그러면 다른 사람은요? 아까 일하는 사람이 있다고 하지 않으셨습니까?"

"그건⋯⋯."

설마 하는 표정이 되는 여자.

하지만 지금 상황에서 의심이 가는 것은 그 사람뿐이었다.

일하는 사람이라고는 본인과 그녀, 둘뿐이니까.

"누굽니까? 정확하게 말씀하셔야 합니다. 까딱 잘못하면 수십억을 물어 주게 되실 수도 있습니다."

"수⋯⋯ 수십억요?"

"네."

다리가 풀린 듯, 그녀는 힘겹게 의자로 휘청거리면서 가서는 그대로 주저앉았다.

"말씀해 주세요."

"그…… 한수양이라고……."

"한수양?"

"네."

그녀의 말을 들으면서 노형진은 입안이 씁쓸했다.

전형적인 착한 사람의 성향이었기 때문이다.

'쯧쯧.'

곽정아는 한수양이라는 직원이 오갈 데가 없어서 받아 줬다고 했다.

나이도 어리고, 집안의 구타를 피해서 나와서 밥도 못 먹고 배회하는 걸 보고 도와주려고 손을 내민 건데…….

'등에 칼 맞은 셈이군.'

씁쓸하지만 현실이다.

세상은 결코 바르지만은 않다. 남을 속여 빼앗는 놈들이 허다하다.

구타를 당해? 밥도 못 먹어?

말뿐인 거짓말, 누군들 못 하겠는가?

"혹시 그 사람 주민등록번호 아십니까?"

"네? 아, 네네."

"한번 알려 줘 보세요."

"하지만……."

"거짓말인지 아닌지는 조사해 보면 나오겠지요."

그녀는 잠깐 주저하다가 한수양의 주민등록번호를 알려 줬다.

노형진은 고문학에게 좀 알아봐 달라고 했다.

다행히 그는 2시 넘어서 출근한다고 했다. 그러니까 곽정아가 일찍 출근해서 오픈하고, 한수양은 늦게 출근해서 문을 닫고 퇴근하는 시스템이었다.

한 시간쯤 지나자 고문학에게서 연락이 왔다.

ㅡ한수양이라고 하셨지요?

"네. 뭐가 나왔나요?"

ㅡ스물두 살?

"네."

ㅡ이거 완전히…… 하아, 소액 사기만 벌써 전과 22범입니다.

곽정아의 얼굴이 사색이 되었다.

전과 22범이라니.

"아니, 그게 돼요?"

"가능합니다."

소액 사기라는 것은 처벌이 애매하다.

미국처럼 삼진 아웃제가 있으면 모를까, 한국은 잘해 봐야 몇십만 원으로 벌금 또는 집행유예니까.

실제로 소액 사기로 전과 130범이 넘어가도 감옥을 가 본 적이 없는 놈도 존재할 지경.

'삼진 아웃도 골칫덩어리지만 이쪽도 골칫덩어리지.'

미국의 삼진 아웃 제도도 마냥 좋은 건 아니다.

사소한 잡범들이 삼진 아웃에 걸려서 장기수가 되어 버리는 바람에 어차피 막나가게 될 거 그냥 흉악 범죄자가 되는 경우도 적지 않았고, 교도소는 교도소대로 가득 차서 통제되지 않아 인권이라는 것을 시궁창에 처박아 버리는 결과를 낳았으니까.

하지만 한국도 소액 사기를 치면 처벌을 받지 않으니 그냥 대놓고 버티는 놈들도 많았다.

사실 전과가 10범을 넘어가면 그건 갱생의 여지가 없는데도 그냥 이런저런 이유로 풀어 줘 버리는 것이다.

"이, 이럴 수가……."

자신이 속았다는 사실에 곽정아는 멍한 얼굴이 되었다.

"너무 착한 것도 탈인 법입니다."

노형진은 그 말 말고는 해 줄 수 있는 게 없었다.

어쩌겠는가, 그게 사회인 것을.

"그러면 어떻게 하지요? 제가 그 애가 저지른 걸 다 물어 줘야 하나요?"

"그건 아닙니다. 다만 도와주셔야 합니다."

"도와주다니요? 제가 무슨 수로요?"

"일단은…… 여기서 벗어나시는 게 제일 좋겠네요."

"네?"

가능하면 곽정아가 속이는 데에 동참해 주면 좋겠지만 파리한 그녀의 얼굴을 보니 아무래도 연기 쪽으로는 도움이 안 될 것 같았다.

섣불리 거짓말을 하게 하느니 차라리 다른 거짓말로 현장을 벗어나는 게 정답.

"저희가 여기에 카메라를 설치할 겁니다. 적당한 핑계를 대고 여기를 맡기세요. 분명히 곽정아 씨가 없는 사이에 일을 저지를 테니까요."

"그……게……."

"그 사람이 사기친 것에 따라서 엄청난 배상금이 따라올 수 있습니다. 저희를 도와주셔야 책임을 면합니다."

곽정아는 힘겹게 고개를 끄덕거렸다. 그리고 덜덜 떨리는 손으로 한수양에게 전화를 걸었다.

"어…… 어…… 수양이니? 나야, 정아 언니……. 지금 시골에서 시아버지가 위독하다고 연락이 왔거든……? 그러니까…… 나 며칠 못 올 것 같아……. 네가 그사이에 가게 좀 봐줄래……?"

그녀의 목소리는 심하게 떨리고 누가 봐도 불안해서 안절부절못하는 것 같았지만, 다행히 누군가의 목숨이 달린 상황이라고 생각해서 그런지 상대방은 별 의심 하지 않는 듯했다.

그러는 사이 노형진은 주변에 있는 업체에 가서 카메라 설치를 부탁했다. 회사에서 가지고 오는 데 시간이 걸리기 때문이다.

이런 걸 렌트해 주는 업체도 있으니 차라리 빨리 설치하는 게 나은 선택이었다.

"두 시간쯤 있다가 온대요."

"지금 바로 설치해 주십시오. 곽정아 씨는 설치가 끝나면 바로 문 잠그고 가시구요."

"네."

"저희는 빈 사무실을 빌려야겠군요."

몇 군데 빈 사무실을 감시초소로 써야 하기 때문에 노형진은 다급하게 움직였고, 얼마 지나지 않아서 설치가 끝나고 곽정아는 힘들게 택시를 타고 집으로 가 버렸다.

"여기서 할까?"

"그렇겠지."

한수양을 잡을 수 있다면 그 뒤에 누가 있든 잡을 수 있을 것이다.

"어차피 그놈들은 뛴 후니까."

사무실에 가 봤지만 사무실은 빠진 지 오래다.

당연히 그들이 내걸었던 전화번호도 다 가짜였고.

경찰이 추적하고는 있겠지만 시간은 오래 걸릴 것이다.

"하지만 이쪽은 아니지."

노형진은 씩 웃었다.

"자, 이 망할 사기꾼들을 잡아 보자고."

감시가 시작된 지 사흘 후.

손채림은 감시 기록을 가지고 당당하게 사무실로 올 수 있었다.

그리고 방탄석과 함께 사무실에 온 방현수는 사진에 나타난 남자를 보고 눈을 크게 떴다.

"이놈입니다, 이놈! 저랑 다른 두 사람을 면접을 봤던 인간!"

"역시나 그렇군요."

한수양을 만나러 왔던 남자.

그 남자의 사진을 그는 알아볼 수 있었다.

"경찰도 못 찾았는데 어떻게……?"

경찰이 현장에 갔을 때 이미 사무실은 빠졌고 사람도 없었다. 전화번호도 대포폰이었고 남은 건 아무것도 없었다.

그래서 쉽지 않을 거라 생각했는데…….

"저희만의 노하우가 있지요."

노형진은 씩 웃었다.

그리고 심각한 표정으로 말했다.

"일단 현재 조사한 결과에 따르면 피해액이 적지 않습니다."

"피해액이 적지 않다구요?"

"네. 방현수 씨는 혼자서 6천이지만요."

문제는 이런 사기를 치는 놈은 결코 한 번만 치고 도망가지 않는다는 것이다.

사무실 임대료부터 중고 물품 구입 등등 적지 않은 돈이 들어가는 게 이런 사기다.

"현재 저희가 예상하기로는 피해액이 최소 20억은 넘을 것으로 추정됩니다."

입을 쩍 벌리는 두 사람.

그런 두 사람을 보면서 손채림은 안타깝게 말했다.

"생각보다는 적은 거예요. 취업하려고 하는 사람이 한두 명이 아니잖아요."

"……."

"물론 방현수 씨 같은 경우는 상대적으로 금액이 크기는 하지만요."

이미 학자금 대출 같은 것이 있어서 대출 금액이 적은 사람들도 있었다.

하지만 방현수는 아버지가 어찌어찌 학자금을 대 줄 수 있었기 때문에 그런 게 없었다.

그래서 신용 등급이 높아서 고액 대출이 되어 버린 것.

"당장 이놈을 잡아 오면 안 됩니까?"

방현수는 마음이 다급했다.

이놈만 잡으면 6천이라는 빚에서 해방된다고 생각하니 절로 다급해질 수밖에 없었다.

"그렇게 다급하게 생각하지 않으셔도 됩니다. 물론 잡기는 해야겠지요. 그렇지만 여기서 잡으면 다른 놈들이 안 잡힙니다."

"다른 놈들?"

"네. 이런 사건은 절대로 혼자서 할 수 있는 게 아니거든요."

일종의 팀처럼 움직여야만 취업 사기가 가능하다.

만일 지금 두 사람을 체포하면 나머지 놈들은 도망칠 것이다.

"다른 피해가 발생할 수도 있다 이건가요?"

"뭐, 반은 맞고 반은 틀리죠."

"네?"

"상대방은 사채 회사입니다."

만일 지금 저들이 도망쳐 버리면 어떻게 해서든 방현수에게서 돈을 뜯어내기 위해서 이빨을 드러낼 것이다.

"못 이기지는 않겠지만, 여러모로 골치 아프겠지요."

"아……."

"그러니 여유를 가지고 잠깐 기다리세요."

이미 범인들은 눈앞까지 다가왔다. 남은 것은 저들에게서 증거를 뽑아내는 것뿐이다.

"조만간 이 모든 게 끝납니다. 걱정하지 마세요."

⚖️

한수양은 요즘 영 기분이 이상했다.

사장이 안 나오는 것도 그렇고, 전화 한번 없다는 게 영 꺼림칙했다.

"영 켕기는데."

아무리 시아버지가 위독해서 급하게 갔다고 해도, 이후에 뭔가 연락을 더 해 와야 정상 아닌가?

그런데 전화 한번 없다니.

그녀는 아무래도 불안한지 다급하게 어디론가 전화를 했다.

"야, 난데, 개통할 거 있으면 빨리 가지고 와."

―왜? 갑자기 뭔 일이야?

"낌새가 이상해. 사장이 연락이 안 돼. 전화도 안 받고."

―그게 이상한 거야?

"눈치 깠으면 어쩔 건데? 다른 쪽을 뚫어 봐야겠어."

상대방은 잠깐 침묵을 지켰다.

확실히 조심스러운 일이기는 하다.

그렇게 한참의 침묵이 지나고 나서 들려오는 목소리.

―최대 얼마까지 되는데?

"가지고 있는 거 몇 개인데?"

―스물세 개.

"다 털어서 가지고 와."

―동시 작업은 위험한데.

"개통만 하고 나중에 작업하면 되지."

―그게 좋겠네. 알았다. 바로 가지고 갈게.

그렇게 짧은 통화가 끝나고 난 후, 그녀는 자신도 모르게 손톱을 깨물었다.

"내일 중으로 개통하고 튀어야겠다."

그녀는 안전을 위해서 그러기로 했다.

하지만 그녀의 그런 모습을 바라보는 사람이 있을 거라고는 예상하지 못하고 있었다.

⚖

"내일 튄다고요?"

"네."

직원의 보고에 노형진은 씩 웃었다.

참으로 나이스한 타이밍이 아니던가?

"알겠습니다. 그냥 두세요."

"네? 하지만 도망치면 어디로 갈지 모르는데요?"

"아, 잡을 사람들은 따로 있습니다."

"아, 네."

직원은 꾸벅 인사하고 나갔다.

노형진은 옆에 있는 손채림을 바라보았다.

"다 확인한 거야?"

"그럼, 내가 누군데. 다 전화해서 이야기 끝내 놨지. 내일
아침에 여기에 오기로 되어 있어."

손채림은 지난 며칠간 바쁘게 돌아다녔다.

곽정아의 아이디를 빌려서 개통했다는 걸 알고 있으니 그
에게 개통한 사람들의 전화번호를 찾는 것은 불가능하지 않
았다.

물론 개통한 전화기는 저들이 가지고 있을 테지만 개통할
때 주소 등을 올리도록 되어 있으니까.

당연히 그 사본에 있는 주소로 가서 사기당한 피해자가 있
는지 확인하는 것은 어렵지 않았다.

"본인이 직접 했다고 확신하는 몇 개만 빼고 다 찾아봤다고."

그렇게 해서 찾아낸 피해자가 무려 예순 명으로, 피해액이
20억이 넘었다.

다들 절망하고 있던 와중에 손채림이 다가가서 사정을 설명하자 당장 달려오겠다고 했다.

"그러면 일단 버스를 대절해 놔. 여기서 한꺼번에 움직이는 게 좋겠다."

"그 범인이 증거로 쓸 걸 가지고 올 때 덮치려고 하는구나?"

"그래야지."

그들의 대화를 보면 그동안 쌓여 있던 인감증명서를 가지고 와서 발급받으려고 하는 게 분명했다. 그리고 그건 확실한 증거가 될 것이다.

"자기네 피해자들이 포위하고 있다고 한다면 과연 그 녀석들의 기분이 어떨까?"

"내가 범인이 아니니 알 수는 없지만, 좋지는 않겠지."

"내일 카메라를 꼭 가지고 가서 그 기념비적인 모습을 찍어야겠네."

손채림이 키득거리자 노형진은 고개를 끄덕거렸다.

"그거 복사해서 피해자들한테 줘라. 아마 평생 소화제는 필요 없을 거다."

⚖️

"이야, 많네."

"이거 오늘 중으로 개통 가능하겠어?"

"어떻게 해서든 해야지. 영 기분이 찝찝해."

한수양은 반백의 남자에게 반말로 말했다.

하지만 그 남자는 그다지 신경 쓰지 않는 분위기였다.

"아, 씨발. 네가 있어서 편했는데 또 어디 새로 뚫어야 하나."

"다른 곳에서 자리 좀 알아봐야지. 그런데 여기처럼 만만한 곳이 없는데."

"인천 쪽으로 뚫어 봐. 그쪽에 중국 놈들 많아서 작업하는 새끼들 많다고 하니."

"그런데 그런 새끼들이 끼면 내가 먹을 게 줄잖아."

그 말을 하면서 짜증을 부리는 한수양.

하지만 남자는 어깨를 으쓱했다.

"어쩌겠어. 아까우면 여기서 개기든가."

"나도 그러고 싶어. 하지만 영 켕겨서 말이지."

"하여간 빨리해. 아, 그리고 오늘 방 잡아 놨다."

한수양은 잠깐 고개를 돌려서 반백의 남자를 바라보았다.

"하여간 대가리 속에 그 짓거리만 들어 있지?"

"너도 어차피 거기에 거미줄 치고 있을 거 아냐. 뭐, 다른 놈팽이라도 만나냐?"

"지랄한다. 만날 틈이 어디 있어? 언제 튀어야 할지 모르는데."

"그러니까 너랑 나랑은 천생연분이라니까."

"참 딸 같은 아가씨한테 별말을 다 한다."

한수양은 빈정거리면서도 서류를 정리하고 가입 절차를 밟으려고 했다.

"일단 그 방이라는 곳에 가 있어. 어차피 이거 오늘 중으로 안 끝나. 오늘 신청하면 내일이나 될 거야."

"알았다. 재촉하기는."

커피 잔에 물을 따르면서 히죽거리는 남자.

그리고 그런 남자를 무시하고 로그인을 해서 일을 처리하려고 하는 한수양.

그런데 그녀가 갑자기 움찔했다.

"어?"

"왜 그래?"

그녀의 말에 무심결에 물어보는 남자.

"로그인이 안 되는데?"

"오타 낸 거 아냐?"

"아니야. 내가 한두 번 해 보나? 그리고 오류가 아니야."

화면에 뜬 것은 계정이나 비번이 틀렸다는 경고가 아니라 계정이 차단되었다는 경고 창이었다.

"뭐야? 왜 이래?"

"그 사장이라는 년이 안절부절못했다면서? 그년이 사고 친 거 아냐?"

"그런가? 아, 씨발! 그러면 어차피 여기서 붙어 있을 이유가 없잖아."

"끄응. 이건 하고 잠수 타야 하는데."

그들이 갑작스러운 상황에 당황하고 있을 때 문이 열리면서 한 사람이 들어왔다.

"실례합니다. 핸드폰 개통하려고 하는데요?"

"영업 안 합니다."

남자는 짜증스러운 표정으로 말했다.

그러자 들어온 손님, 그러니까 노형진은 피식 웃었다.

"누가 보면 직원인 줄 알겠네."

"뭐라고?"

"당신이 뭔데 영업을 한다 안 한다야?"

"이 새끼는 뭐야?"

노형진을 위아래로 살펴보는 남자.

그리고 한수양 역시 어이가 없다는 표정으로 노형진을 노려보았다.

"아, 핸드폰 개통하러 왔다니까요."

"아, 영업 안 한다고! 귓구멍을 좆으로 막았나?"

한수양은 일어나면서 소리를 질렀다.

"그래요? 왜, 계정이라도 막혔어요?"

한수양은 순간 움찔했다.

그리고 그제야 문 바깥에서 자신들을 노려보는 사람들이

있다는 걸 알아차렸다.

"이거, 이거, 손님 많이 데리고 왔는데 섭섭해서 어쩌나?"

"이런 싯팔."

남자는 바깥에 있는 사람들을 보고는 자신도 모르게 이를 악물었다.

아는 얼굴들이었다.

자신이 사기를 쳤던 사람들.

그들이 자신을 노려보고 있었다.

"뭐, 우리 쪽도 섭섭하기는 마찬가지이기는 한데."

노형진은 히죽 웃으면서 말했다.

"그동안 열심히 벌었는데 이제 토해 내야 해서 어쩌나?"

사기꾼이 도망가지 못한다면 문제가 될 게 없다.

그리고 현 상황에서는 그들의 도주는 불가능하다.

"경찰입니다."

그리고 분노에 찬 사람들을 헤치고 나타난 사람들.

그들은 신분증을 두 사람의 얼굴 앞으로 내밀며 말했다.

"두 분 다 경찰서에 좀 가 주셔야겠습니다. 사기로 신고가 참 많이 들어와서요."

한수양은 얼굴이 사색이 되었다.

자신이 감옥에 갈 거라는 생각은 해 본 적도 없었기 때문이다.

"그나저나 돈 좀 챙겨 났길 바랍니다."

노형진은 그들에게 다가가서 씩 웃었다.

"이거 배상하려면 돈이 아주 많이 필요할 테니까."

철컥 소리와 함께 두 사람의 팔에 채워지는 은색의 팔찌.

"저 사람이 시킨 거예요! 저 사람이 시켜서 어쩔 수 없이 한 거예요!"

벌써부터 남자를 팔아먹기 시작하는 한수양.

그러자 남자는 그런 한수양을 보면서 무섭게 소리를 질렀다.

"닥쳐!"

"저 남자가 위협해서 어쩔 수 없이 한 거예요! 전 잘못 없어요!"

"닥치라고, 이 미친년아!"

"어허, 욕을 하면 쓰나."

남자의 뒤통수를 후려친 경찰은 한수양을 잡고 있던 경찰에게 눈짓했다.

"레이디 퍼스트."

"난 아니야! 난 아니라고!"

고래고래 소리를 지르면서 끌려 나가는 두 사람을 보면서 방현수는 눈물을 흘렸다.

드디어 범인이 잡힌 것이다.

이제 저들을 털어 내면 잔당도 잡을 수 있을 테고, 그러면 자신들은 빚을 갚지 않아도 된다.

"감사합니다. 감사합니다."

노형진에게 수십 명이 고개를 숙이는 모습은 장관이었다.

"감사는요. 아직 안 끝났는데요."

"네?"

"애석하게도 재판은 이제부터 시작입니다."

노형진은 입안이 씁쓸해졌다.

범인은 잡혔다.

하지만 사기는 다른 사건과 다르다. 사기는 범인을 잡으면 끝이 아니라, 범인을 잡는 순간부터가 시작이었다.

"그게 말이 됩니까!"

얼마 후, 채무 관계 부존재 소송을 건 사채 회사에서 답변서가 날아왔다.

그런데 그들의 답변서는 간단했다. 어찌 되었건 방현수가 빚을 갚으라는 것이었다.

"아니, 어째서요! 사기인 것이 증명되었고 우리는 피해자인 것도 증명되었는데! 왜 우리보고 돈을 갚으라는 겁니까!"

"편리성 때문이지요."

"편리성?"

"네."

노형진은 의자에 길게 기대앉았다. 그리고 손끝으로 탁자를 톡톡 두들겼다.

"사기꾼들이 사기를 치면 돈은 어떻게 할까요? 집에 쌓아 둘까요, 아니면 자기 이름으로 된 통장에 넣어 둘까요?"

"그거야……."

잠깐만 생각해 보면 답은 나온다.

그들이 사기 친 돈을 그냥 둘 리 없다.

"감춰 둡니다."

타인 명의 통장일 수도 있고, 현금으로 바꿔서 어딘가에 쌓아 둘 수도 있다.

확실한 것은, 잡힐 때를 대비해서 절대로 현금으로 가지고 있지는 않는다는 것이다.

"범인은 잡았지요. 그렇지만 그 돈이 어디 있는지는 모릅니다. 그 돈을 찾기 위해서는 얼마나 오랜 시간이 걸릴지 알 수가 없습니다. 찾을 수 있는지도 명확하지 않구요."

"으윽."

"그러니 사채 회사들은 힘들게 고생해서 잃어버린 돈을 찾 느니 차라리 피해자에게 돈을 뜯어내려고 하는 거지요."

방탄석은 머리를 부여잡았다.

이제 해결되었다고 생각했는데 실제로는 해결된 것이 아 무것도 없었다.

"아니, 왜요? 우리가 피해자잖아요? 가해자들은 잡혔잖습 니까? 그러면 그들에게 달라고 해야지, 왜 우리를 괴롭힌단 말입니까?"

상식적으로 말이 안 된다.

하지만 상식이라는 것은 결국 주장하는 사람의 지식에 기반한다.

"애초에 상식적으로 착하게 살려고 한다면 대부업을 하겠습니까?"

노형진의 날카로운 말.

틀린 말은 아니다.

다급한 돈을 빌려준다?

개소리다.

사채라는 것 자체가 누군가의 피와 눈물을 쥐어짜서 자신의 배를 채우는 행동이다.

그런 행동을 하는 작자들이 과연 남을 위해서 자신의 편리성을 포기할까?

"그들은 절대로 포기하지 않습니다. 그러니까 우리에게 돈을 받아 내려고 하겠지요."

"그러면 어떻게 합니까?"

"당연히 싸워야지요."

현대의 대한민국은 투쟁의 전당이나 마찬가지다.

싸우지 않는다면 어떠한 것도 누릴 수가 없다.

"법률계에서 하는 말 중에는 이런 말이 있습니다. 권리 위에서 잠자는 자, 보호받지 못한다."

법률계의 명언이자, 사회에서의 절대적 규칙.

"그리고 전 여러분의 권리 위에서 잘 생각이 전혀 없습니다."

노형진은 미소를 지으면서 말했다.

재판이 시작되자 상대방은 예상대로 나왔다.

"이번 사건의 책임은 원고인 방현수 씨에게 있습니다. 방현수 씨는 자신의 신분증을 제대로 통제하지 못하고 남에게 위임함으로써 결국 피고인 애플머니에 큰 피해를 입혔습니다. 비록 그가 속았다고는 하지만, 자신의 신분증에 대한 관리 책임은 본인에게 있습니다. 그러므로 이 사건의 변제 책임은 방현수 씨에게 있다고 주장하는 바입니다."

원고의 주장을 듣고 있던 노형진은 뒤에 있는 사람들을 바라보았다.

'이번이 첫 재판이다 이거지.'

자신을 바라보는 사람들.

방현수와 같은 처지에 처한 사람들, 그리고 회사에서 시스템화시키기 위해서 보낸 사람들.

그들이 이 재판의 모든 기록을 남길 것이다. 그리고 자신들의 권리를 지키기 위해서 싸울 것이다.

"원고 측, 변론하세요."

노형진이 아무런 말도 하지 않고 있자 재판관은 노형진을 재촉했다.

"재판장님, 방현수 씨에게는 실수가 없습니다. 애초에 방현수 씨가 자신의 신분증과 인감증명서를 발급한 것은 핸드폰의 개통이나 기타 다른 목적으로의 사용 때문이 아니라 취업을 위해서였습니다. 이 참고 자료를 봐 주시기 바랍니다."

노형진은 미리 준비한 화면을 재판부에 건넸다.

"해당 사이트는 한국 내에서 최대 취업 사이트로 불리는 잡스입니다. 이곳에 있는 몇 가지 요구 조건을 봐 주시기 바랍니다."

노형진은 몇 가지 서류를 지적했다.

"결혼 증명서에서부터 인감증명서, 심지어 가족들의 재산 내역까지, 업무와는 아무런 관련이 없는 서류를 요구하고 있습니다. 해당 사이트의 통계에 따르면 현재 해당 사이트를 이용하는 기업들 중 20%가 인감증명서를 요구하고 있습니다."

"그런 곳을 피해서 알아봐야지요. 그런 건 자기 책임이 아닌가요? 결국 자기가 원해서 인감을 준 거 아닙니까?"

피고 측 변호인은 빈정거리듯이 말했다.

'그래, 넌 사람들의 절박함을 모르겠지.'

취업이 되지 않는다는 것, 그건 단순히 돈을 벌지 못한다는 것이 아니다.

자신감의 상실, 자존감의 몰락, 희망 고문과 그로 인한 절
망, 그리고 포기까지.

직업이라는 것은 그냥 돈 몇 푼으로 해결할 수 있는 게 아
니다.

"옛날부터 최고의 복지는 양질의 일자리라고 했습니다.
왜 그럴까요? 직장이 있고 사회생활을 하는 사람이라면 희
망이 있습니다. 하지만 그런 게 없다면? 그저 하루하루 집에
서 돈을 까먹고 부모의 기대를 저버려야 하는 자신을 본다
면? 어떤 기분이겠습니까? 이런 상황에서 인감을 주지 않는
다는 이유로 취업이 불가하다면 누가 거절할 수 있을까요?"

"그건 자기 능력 부족 아닙니까? 인감을 요구하지 않는 회
사도 많습니다. 그런 사기꾼들에게 이력서를 낸 것은 본인의
선택입니다."

피고 측 변호인의 주장은 간단했다.

자신의 실수이니 자신이 책임져라.

"인감증명서를 요구하는 기업이 20%입니다. 그리고 현재
대한민국 청년 실업률은 40%를 넘고 있습니다. 이 상황에서
무슨 선택을 해야 하나요? 무조건 인감이 없어도 되는 곳에
만 신청해라? 너무 현실을 모르는 소리 아닙니까?"

"멀쩡한 기업들은 인감을 요구하지 않습니다."

피고 측 변호사의 말에 노형진은 피식 웃었다.

요구하지 않는다고? 천만에.

"여기 이곳을 봐 주시기 바랍니다. 이 기업은 대한민국 서열 120위입니다. 사실 이 정도 되면 사기를 치거나 할 이유는 없지요. 그럼에도 불구하고 이곳은 인감을 요구합니다. 그러면 이들이 사기꾼인가요?"

노형진은 피고 측 변호사를 바라보면서 물었다.

상대방은 약간 곤란한 표정을 지었다.

아무리 그래도 서열 120위 정도 되는 기업을 씹기는 무서운 모양이다.

'개자식.'

여기 없으면 나라님도 욕하는 게 사람이다.

그런데 존재하지도 않는, 여기에 관심도 없을 게 뻔한 기업에 대해서 혹시나 자기가 불리해질까 봐 말을 못 하다니.

"그런 곳이야 유명한 곳이고 그러니 인감을 준다고 해서 이상한 데 쓰지 않을 거라는 거, 아시지 않습니까?"

노형진은 피식 웃었다. 과연 그럴까?

'얼마 후에 두고 보자고.'

이 기업은 건설 기업이었다.

그런데 자신이 건설한 아파트가 공실률이 너무 높아서 안 팔리자 그들은 홍보를 위해서 인감을 이용해서 강제로 직원들의 주소지를 옮겼다.

그래야 공실률이 낮아지고 그래야 사람들이 믿고 들어오

기 때문이다.

물론 몇 년 후의 사건이지만.

"그래요?"

노형진은 갑자기 재미있는 생각이 들었다.

그는 들고 있던 서류에서 한 장의 인쇄물을 꺼냈다.

그리고 이름을 절묘하게 가리고 피고 측 변호사에게 내밀었다.

"피고 측 변호인, 본인이 봤을 때 이곳은 어떤가요? 사기꾼 같나요?"

연봉 기본 3,500만 원, 주 5일 근무, 보너스 300%, 연차 및 월차 있음.

여러모로 상당히 후한 조건의 기업이다.

다만 요구 조건에 인감증명서와 결혼 증명서를 낼 것이 포함되어 있었다.

심지어 가족들의 재산 내역까지 말이다.

"전형적으로 사기네요."

"그런가요?"

"네, 사기 맞네요. 이렇게 후한 조건에다가 인감증명서와 결혼 증명서까지 낸다? 장난하는 것도 아니고, 이런 사기에 속는 원고 같은 사람이 멍청한 겁니다."

노형진은 피식 웃으면서 기업명을 가리고 있던 손을 치웠다.

"그러면 피고가 사기꾼인 걸 인정하는 셈이네요."

"에……."

"보다시피 이 구인 조건은 피고 측인 애플머니의 취업 조건입니다. 피고 측이 사기라고 하셨지요? 그렇다면 애플머니는 지금 근무자들과 취업 희망자들을 대상으로 사기를 치고 있다는 소리겠군요."

"큭."

너무 황당하게 당해 버리자 판사는 자신도 모르게 큭 소리를 내면서 웃어 버렸다.

어떻게 해서든 죄를 뒤집어씌우려고 하는 게 뻔하게 보이는데 도리어 자신의 함정에 자신이 빠진 것이다.

"그게 그거랑 똑같습니까! 애플머니는 취업하면 기본적으로 돈을 관리하는 곳입니다! 그런 곳에서 혹시 직원이 횡령이라도 하면 어쩌려구요!"

돈을 관리하는 곳이라면 이해가 된다. 물론 현금을 관리하는 곳이라면 말이다.

"애플머니에 취업한 사람들은 죄다 돈을 관리하나 봅니다. 다른 쪽 업무는 전혀 없나 보군요."

"큭."

"그런 의미에서 본다면 방현수 씨도 돈을 관리하는 부서에 지원했습니다만. 보다시피, 여기 쓰여 있지요? 총무부."

총무부, 즉 모든 예산의 집행을 결정하는 부서다.

"어차피 대부분의 돈은 전산으로 결제됩니다. 현금으로

줄 일은 없지요. 그런 면에서는 돈을 취급하는 건 마찬가지
아닌가요?"

노형진은 담담하게 말하면서 피고 측 변호사를 바라보았다.

"업무상 돈을 다룬다는 건 쓸데없는 서류를 요구할 만한
이유가 되지는 않지요. 그리고 애초에 애플머니는 사채 회사
입니다. 취업시켜 준다고 인감증명서를 받은 후에 그걸 가지
고 대출했다고 서류를 작성할 가능성은 애플머니 역시 높지
않습니까?"

"우리를 어떻게 보고!"

"사채 회사지요."

사채 회사는 아무리 좋게 생각하고 싶어도 좋게 생각할 수
가 없다.

그들이 아니라면 멀쩡하게 생활할 사람들도 나락으로 떨
어지게 해 버리니까.

물론 아주 다급한 사람도 있을 수 있다.

하지만 그렇게 다급한 사람들이 사채를 쓴다고 해서 벗어
나는 경우는 노형진은 거의 보지 못했다.

'도리어 더 깊은 어둠 속으로 끌려들어 가지.'

노형진은 그렇게 생각하면서 변호사를 바라보았다.

"그리고 애초에 이번 사건의 책임은 애플머니 쪽에 더 있
지 않습니까?"

"뭐라고요?"

노형진은 피식 웃으며 말했다.

"요즘 애플머니 광고 보신 분?"

몇몇 사람들이 손을 들었다.

그리고 그중에는 의외로 판사도 있었다.

"판사님?"

"뭐, 공정한 재판을 해야 하니까요."

자신이 본 걸 말하지 않는 것도 불공정이라고 생각한 모양이다.

사실 다른 것도 아니고 매일 틀어 주는 광고를 보고 못 보는 것이 그다지 영향을 준다고 볼 수는 없지만.

"애플머니의 광고를 보면 최고 300만 원까지 전화로 단번에 대출된다고 하더군요."

"그렇소. 다급한 사람들을 위한 서비스로……."

변호사가 뭐라고 하든 그건 말도 안 되는 개소리다.

다급한 사람들을 위해서 300만 원까지 단번에 대출해 준다고? 본인은 보지도 않고?

그건 이유가 간단하다.

한번 쉽게 대출을 받고 나면 그 흔적이 남는다.

그리고 현행법상 제3 금융권이라고 불리는 곳에서 돈을 빌리면 신용 등급은 나락으로 떨어진다.

1등급이었다고 할지라도, 최고 8등급 이하 대출 금지선까지 떨어지는 것이다.

한번 그렇게 된 사람은 다음에는 당연히 은행에서 돈을 빌리지 못하고 오로지 제3 금융권만 이용해야 한다. 그래서 그걸 노리고 무차별적으로 빌려주는 것이다.

신용 등급이 그렇게까지 떨어진 사람이 제자리로 가기 위해서는, 아니 제1 금융권에서 대출 가능한 등급까지 올라가려면 최소한 5년은 걸린다.

그사이에 또 일이 터지면 또다시 나락으로 떨어진다.

더군다나 함정은 그것뿐만이 아니다.

'이자율도 함정이지.'

이자율은 신용 등급의 영향을 받는다.

제3 금융권이라고 해도 신용 등급이 높으면 이자율은 낮다. 그게 처음 300만 원인 셈이다.

그런데 그 후가 문제다.

위에서 언급했다시피 한번 빌리고 나면 신용 등급은 바닥을 치도록 되어 있다.

그러니 이번에 300만 원을 빌릴 때는 10% 내외의 이자율이었지만, 다음번에 다시 빌리게 될 때는 신용 등급이 나락에 떨어졌기 때문에 20% 후반의 고이율을 내야 한다.

쉽게 말하면 3년만 지나면 거의 원금과 동일한 금액을 내야 하는 셈이다.

"뭐, 서비스니 뭐니 그건 본 사건과 상관없지요. 중요한 것은 전화 대출로 300만 원까지 대출이 가능하다는 겁니다.

그렇지요?"

"그렇습니다."

"그런데 어떻게 3천만 원이라는 대출을 당사자와의 만남도 없이 처리해 주셨나요, 서류의 확인도 없이?"

"그……."

"경찰에서 조사하고 있지만, 내부에 관련 브로커가 있는 거 아닙니까?"

"……."

피고 측 변호사는 아무런 말도 못 했다.

노형진의 말대로 그것 말고는 이유가 없기 때문이다.

그것도 아주 상당한 직위에 있는 사람이 아니면 이건 불가능하다.

"피고 측 변호인께서는 직장을 확인하지 않고 인감증명서를 제출한 원고 측의 잘못에 대해서만 주장하고 계신데요, 엄밀하게 말하면 원고 측에서도 범죄자와 결탁한 내부의 직원이 있음을 알고도 제대로 관리하지 못한 관리 책임이 있는 거 아닌가요? 그리고 두 개의 책임을 비교하자면 과연 어느 쪽이 더 높을까요?"

"크윽."

당연히 후자다.

전자는 어쩔 수가 없는 상황이었고, 거기에다가 사회적으로 인감을 요구하는 기업이 많다. 그게 관행처럼 되어 있다는 뜻이다.

하지만 후자, 그러니까 직원 관리를 제대로 하지 못한 것은 어떻게 봐도 회사의 책임이다.

하물며 사기꾼과 결탁한 사채 회사 직원이라니.

"저희는 그 부분에 대해서도 따로 손해배상을 청구하도록 하겠습니다."

"따로 손해배상을 청구한다고요?"

"당연하지 않습니까? 당신들이 직원에 대한 관리 책임을 제대로 하지 않아서 저희가 피해를 입었을 뿐만 아니라, 이제 사회로 나가야 하는 사회 초년생들의 신용 등급에 막대한 악영향을 줬습니다. 그에 따른 책임은 지셔야지요."

책임을 물으러 나왔는데 도리어 책임을 지라는 말에 피고 측 변호사는 열통이 터지는 듯했다.

하지만 논리적으로 노형진의 말을 반박할 수가 없었다.

"재판장님, 이번 사건에서 원고의 잘못이라고는 사회에 나가서 올바른 사회인이 되고자 한 것뿐입니다. 그걸 이용해서 그들을 속였다는 이유로 책임지라고 한다면, 과연 정상적인 기업이라고 할 수 있을까요? 그리고 제가 알기로는 피고 측은 아직 해당 사건의 범죄자들에게 손해배상을 청구하지 않았습니다. 추후에라도 그걸 청구한다면 이중 청구에 해당됩니다. 그러나 끝까지 그쪽에 청구하지 않는다면 공범의 가능성이 높다고 볼 수도 있겠지요."

이것이 법이다

"음."

판사는 상당히 수긍하는 눈치였다.

하긴 이번 사건에서 피고 측의 주장은 상당히 무리였다.

피해자에게 피해 보상을 하라고 하다니.

"피고 측, 할 말이 있습니까?"

"없습니다."

상대방 변호사는 이를 악물고 말했다.

이길 가능성이 낮은 재판이라는 것은 알고 나왔지만 이렇게까지 창피를 당할 줄은 몰랐던 것이다.

"그럼 다음 재판 기일을 잡도록 하겠습니다."

판사는 그렇게 재판을 종료했다. 그리고 피고 측 변호사는 뒤도 안 돌아보고 나가 버렸다.

"무척 열 받았나 보네."

손채림은 뛰어나가는 그를 보면서 씁쓸하게 말했다.

"그렇겠지."

"그러면 이제 끝난 거야? 아니, 보아하니 다음 재판 기일이라고 해서 뭐가 바뀔 것 같지는 않은데."

노형진은 어깨를 으쓱했다.

"그랬으면 좋겠지만 사채 회사들이 그렇게 순둥이가 아니라서 말이지."

"응? 그러면 다른 방법을 쓸 거라는 거야?"

"그래."

노형진은 아쉽다는 듯 중얼거렸다.

"그리고 그게 끝나야 진짜로 끝난 거라고 할 수 있어."

그리고 그게 쉽지 않을 거라는 것도, 노형진은 알고 있었다.

며칠 뒤. 방탄석은 허겁지겁 사무실로 뛰어왔다.

"아, 아버님? 이 시간에 어쩐 일로?"

"집으로 이런 게 날아왔습니다."

떨리는 손으로 봉투를 건네는 방탄석.

노형진은 그걸 받아서 살피기 시작했다. 그의 입가에 씁쓸한 미소가 떠올랐다.

발신인은 '거당채권'이라는 곳이었는데, 3천만 원의 채권에 대한 배상을 하라는 일종의 통지서였다.

"이게 뭡니까! 설마 그놈들이 다른 곳에서 또 빌린 걸까요?"

"아니요. 그건 아닐 겁니다."

그랬다면 이미 경찰의 조사에서 나왔어야 한다.

그렇지 않다는 것은, 그들이 이 거당채권에서 돈을 빌린 것이 아니라는 뜻이다.

"이건……."

노형진은 잠깐 침묵을 지키다가 입을 열었다.

"진짜로 마지막 싸움이 시작될 거라는 뜻입니다."

봉투를 쥔 노형진의 손에 절로 힘이 들어가서 봉투가 사정 없이 꾸겨지고 있었다.

다음 권으로 이어집니다

200평 초대형 24시 만화방

- 수면실 (침대식)
- 사우나석
- 다인석
- 샤워실
- 세탁기
- 신간100%

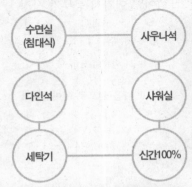

📖 수원 인계동점

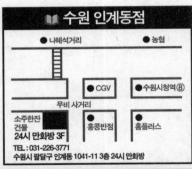

- 나헤석거리
- 농협
- CGV
- 수원시청역 ⑧
- 무비 사거리
- 소주한잔 건물 24시 만화방 3F
- 홍콩반점
- 홈플러스

TEL : 031-226-3771
수원시 팔달구 인계동 1041-11 3층 24시 만화방

📖 의정부점

- 의정부역 ④ ⑤
- 흥선지하도
- ◀서울방향
- 진성약국
- 던킨도넛츠
- 24시 만화방 3F

TEL : 031-856-3971
경기도 의정부시 의정부동 197-13 3층

📖 주안점

- 주안 남부역
- ◀제물포
- 민병철 어학원
- 간석동 ▶
- 25시 만화방 6F

TEL : 032-426-2871
인천광역시 주안남부역 지하상가 4번 출구 GS25시 건물 6층

📖 안양점

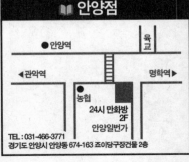

- 안양역
- 육교
- ◀관악역
- 명학역 ▶
- 농협
- 24시 만화방 2F
- 안양일번가

TEL : 031-466-3771
경기도 안양시 안양동 674-163 조이당구장건물 2층

이계 검왕 생존기

이계
검왕
생존기

임경배 퓨전 판타지 장편소설
ROK FUSION&FANTASY STORY

양강 현대 판타지 장편소설

하루가 두번

『전설이 되는 법』『역대급』 양강 신작!

테러 단체에 납치되어 광산 노예로 살아온 제이슨
그에겐 하루를 두 번 사는 능력이 있다!

세계의 비밀 '카이트'!

필사의 탈출로 새 인생을 살게 된 그는
자아를 가진 돌, 카이트의 힘마저 손에 넣고
손대는 사업마다 성공을 일구며 승승장구하지만
그 때문에 세계 권력자들과 부딪치게 되는데……!

내일도 오늘!
그에게 실패란 없다!